「もしかして酔ってるんですかぁ？
本当にどうしようもない
お兄さんですねぇ」
「あ、お兄さんってばヒヨコなんかと話してる～」
「いい歳してそれはちょっと
どうなわけぇ？
見てて恥ずかしいよ～」
クーシャ
ニーシャ

アイリス
ジェイド
ミスティカ
シロクサ
ルア

〝女児が辱めを受けている〟
という発言から66秒後。
聖都に立つ女侯爵の屋敷は、
壊滅状態と化していた。
「ごきげんよう。
アネモネと申しますぅ〜〜〜」
花咲くような柔らかな笑み。
「さぁ、さぁ、さぁ」
安らぐような優しい声音で。
「お死にましょうね、
ヴィオラさん？」
聖女
アネモネ

暗黒令嬢
サラ
「テメェッ……まさか、ジェイドって野郎!?」
「あぁそうだ。でも間違いだよ」
瞬間、少女から闇が溢れた。
夜よりも暗き濃密な黒。
それに彼女は包まれて、
陽炎のごとく揺らぎ溶けて同化していく——。

転生したら
暗黒破壊龍
～ほどほどに
暮らしたいので、
気ままに冒険者やってます～
ジェノサイド・ドラゴンだった件

1

馬路まんじ illust. カリマリカ

Tensei shitara ankoku hakai ryu
Genocide Dragon datta ken.

目次

第一話	トロールとヒヨコと俺の本名	003
第二話	爆走姉妹、レッツエンドゴー!	019
第三話	新人ちゃんたちと俺と脳みそ壊れた新人くん	029
第四話	工作所の俺と管理人のオッサン	039
第五話	新武器とネズミーランドと俺	048
第六話	未来のスターと邪龍の俺	057
第七話	バチクソ残念な友人と俺	070
第八話	『時代の綺羅星』とオナック星人と俺と頭壊れた30歳	079
第九話	女装孕ませ抜刀斎と俺	087
第十話	猪と姉妹の眼光と俺	095
第十一話	メガネくんVS俺	109
第十二話	酒と『暗黒破壊龍ジェノサイド・ドラゴン』ファイヤーと俺	128
第十三話	アホと悪徳領主とお嬢様俺	141
第十四話	聖都よりの騎士と俺①	155
第十五話	聖都よりの騎士と俺②	161
第十六話	『開拓都市』の虎の尾	174
第十七話	開催、異名付け大会!	187
第十八話	続・異名付け大会!	194
第十九話	「遊んでないで出世してくださいアナタ」	202
第二十話	クソ姉妹と覚醒の騎士ママ	212
第二十一話	変態の家で遊ぼう!	222
第二十二話	遠征、『開拓都市アグラベイン』①	228
第二十三話	遠征、『開拓都市アグラベイン』②	233
第二十四話	トリステインの冒険者たち	240
第二十五話	アルベドの後悔	246
第二十六話	終局のアグラベイン	254
第二十七話	トリステインへの来訪者	279
第二十八話	アホとデートと襲撃者	290
第二十九話	暴走の赤龍①	300
第三十話	暴走の赤龍②	305
第三十一話	邪龍の怒り	315
エピローグ		323
書籍版スペシャルSS!①	転生先の服事情	328
書籍版スペシャルSS!②	邪龍さんのたまにある日常	333

第一話◇トロールとヒヨコと俺の本名

「ほれ出来たぞ？　焼きたての肉に塩。これで美味《うま》くないわけがない……ッ！」


ある日、森の中。

ぱりぱりに焼けた皮にかぶりつく。

「！　うまいっ！」

そこらで狩った魔物『チャージボア』の肉だ。

歯を突き立てると熱々ウマウマの肉汁がピュッと出た。

たまらん。

「ん～ジューシー、最高。……ふぅ。ちょい聞いてくれよ。こうして森でメシを食うたびに俺思うんだよ」

嚥下《えんげ》しながら考えを出す。

「ご飯を美味《おい》しく食べる条件は二つある。それは、綺麗《きれい》で豊かな環境にいることと、『ちょっとだけ忙しい人生を送ってること』だ」

あ、『ちょっと』くらいだぞちょっとくらい。

ガチで過労死するくらい忙しいのは駄目だ。

これ体験談な（一敗）。

「ともかくだ」

要するに、やるべきことややりたいことはそこそこあるけど、その気になればサボれる程度の忙しい生活。

そんな日々こそメシのスパイスにはちょうどいいと、俺は二度目の人生で結論付けたわけだ。

「〝ほどほどに腹が減って、なおかつメシを味わう余裕があればいい〟ってこった。金も少しは必要だしな？」

だから俺は『冒険者』やってるわけだよ。

そう締めくくって。

唯一の聞き手に向き直る。

「はい講義終了。わかったかな、『トロール』くん？」

『ウガウウウウウウーーーッ！』

あぁーーーーー駄目だコイツ全然わかってねぇやクソボケが。

『ウーーーーーーッ！』

ウーウー言うんじゃありません。

「一応詳細見ておくかぁ。スキル発動《鑑定《アナライズ》》っと」

対象名：『豚鬼トロール』
種族能力：【怪力】（全筋力に強力な補正）
個体能力：【なし】
ホモサピエンスを優先して害する魔物の一種。
凄《すさ》まじい身体能力と免疫力を有するが、推定IQは〝3〟。
そのため危険ではあるものの上位の魔物より一歩劣り、『冒険者ギルド』は危険度判定C＋と判断。

「……なるほどぉ」

うん。

IQ3なら人生論語っても仕方ないな。

肉焼いてたら来たからって何やってんだろうな俺は。

「さて。危険度B以上なら狩って帰るわけにはいかないが、C＋ならまぁいいだろ」

『ガァアアアーーーーーーッ！』

俺に襲い掛かってくるトロールくん。

どうやらかなり強めな個体のようだ。

立ち並ぶ木々に肩やらが当たるも、一切減速せずに砕きながら突き進んでくる。

「ぶつかりおじさんレベル100だな」

知り合いにぶつかられたら嫌だな。

よし。

「じゃ、どれかで殺すか」

スキル発動《収納空間《アイテムボックス》》、解放。

〝自力で持ち歩ける限り〟のアイテムを出し入れできるスキルだ。

俺はそこから、百ほどの武器を具現させた。

って出しすぎたなこりゃ。

◆　◇　◆

「この世界はだいぶ昔にやばかったらしいぞ」

豆をポリポリやりながら。

そいつを同行者にも投げつつ俺は語る。

「最初は当たり前に人間がぬくぬく中世してたとさ」

いや中世って呼ぶか知らんが、ヴァイキングの時代くらいまでは地球と同じような歴史辿《たど》ってたんだと。

ウチの国名も『ブリタニア』だしな。

旧英国だ。

「でも」

急に『魔物』って存在が出現。

そいつらはやたらデカくて攻撃機能が多くて、人をめちゃ襲う特性を持っていた。

「んで」

あっちゅーまに人類は絶滅寸前になったんだと。

ファンタジーだよなぁ。

そんな人類がファイナルしかけたファンタジー的状況。

しかし、だからこそ救いは現れた。

「なんか『女神ソフィア』って存在が降臨したんだと」

いよいよファンタジー極まれりである。

ともかくその女は仕事を開始。

魔物が立ち入ることができない『神聖領域』ってのを作成してくれたんだ。

これで人類は安全圏を得たわけだな。

「で、そのままどっかに消えたんだと。って魔物狩らないんかーい！」

保護活動するだけかーい！　根本の解決しないんかーい！

……と突っ込んでもまぁしゃあないか。

意味わからん行動するのは神話のカミサマのあるある現象だからな。

「ともかく『神聖領域』ってのは役に立った」

そこで数を回復させ始めた人類。

さらに例の女神様、こっそりと人類を遺伝子組み換えしていたのか、新生児たちが『スキル』なんて力を一つから三つほど持って生まれるようになっていたのだ。

すまんな女神さん、仕事してないなんて言って悪かった。

と思ったら、

「なお人類さん。説明を受けてなかったせいで、混乱して『まさか魔物の手先か!?』と子殺ししたり、逆にスキルを暴走させた子供に殺される事件が多発した模様」

いややっぱ女神なにしてくれとんねーん。

そこサプライズにする意味ある？

「まぁそんなこんなで色々あったが、ともかく人類は『神聖領域』という名の〝砦《とりで》〟と、『スキル』という名の〝矛〟を獲得。魔物への対抗を始めたわけだ」

そうして今に至るまで数百年。

人類は『神聖領域』を中心に輪を描くように住める領域を拡大。

今やそこそこの土地を人の手に取り戻したんだと。

すごいや。

「良い話だよなぁ感動的だ。人の力を無礼《ナメ》るなって感じだろ？」

でも、

「違うんだよ。実際はな、みんな土地を取り戻すために魔物と戦うとかイヤだったんだよ」

当たり前だよなぁ。

不思議パワーがあっても不死じゃないんだ。

だったら誰が好んでバケモノと戦うかよってな。

「だが『神聖領域』内で人が増えすぎた結果、嫌われ者とかが追い出されるようになったんだと。ンでそいつらが仕方なく魔物を狩って村とか作って、結果的に今に至る感じらしいぜ？」

なんというか〝人間らしい〟動き方である。

この世界でもヒトは変わらないって納得しちゃったよ。

異国でハンバーガー食った気分だ。

「ちなみに今語った歴史は、ダークエルフさんに聞いた裏話な？　世間じゃ普通に〝みんな勇敢に戦いました〟って話になってるみたいだから、変なこと言わないほうがいいぞ？　特に真相を知るお貴族様の前ではな」

そう注意してみたが……まぁ必要ないか。

「だってお前、ヒヨコだしな」

『ピヨ～？』

そうして、足元のヒヨコさんは首をかしげたのでした。

全然わかってない様子である。

「まぁわかるわけないか。脳みそ1グラムのお前に、この領域《レベル》の話は」

『ピヨヨ～？』

さらに首を捻るヒヨコさん。

首もげるぞお前。

ちなみにコイツはペットとかじゃない。

なんかトロールを破裂させたら胃袋から消化寸前で出てきた子である。

出会ってから3分くらいの絆《きずな》だ。

「健康状態はもう大丈夫そうだな」

放置するのも可哀《かわい》そうだったからな。

スキル《消毒《デトックス》》で胃液を飛ばして、さらにスキル《回復《ヒール》》で癒してやったらなんか懐かれたのか、ついてくるようになったわけだ。

あとスキル《消臭《デオドラ》》とスキル《芳香《フローラル》》も使っておいた。

俺は綺麗好きなのだ。

『ピヨピヨピヨピヨピ～ヨピヨ？』

「なんて？」

……よくわからんがヒヨコの一匹くらい飼うのもいいか。

ちっこい足でついてくるヒヨコを拾い上げて肩に乗せてやる。

なんかすごく相棒っぽいぜ。

黄色いし。

「よし、これからよろしくなピヨチュー」

『ピヨ！』

やる気いっぱいに返事するヒヨコさん。

……そのままなぜか猛ダッシュで、俺の無駄に逆立っててボサボサな黒髪の中に突っ込んでいくのだった。

『ピヨ～』

どうやらソコを定住地に決めたらしい。

なんで？

「まぁいいけどさぁ……お前頼むからそこでウンコしないでくれよ？」

『ピヨ？』

「うわ駄目そうだ……」

そんなやり取りをしつつテクテク歩くこと数分。

やがて街に入るための検問が見えてきた。

門番役の兵士さんたちが数人で駄弁《だべ》っているな。

「どうもですみなさん、お疲れ様です」

頭を下げて丁寧に挨拶。

すると向こうも「よぉジェイド、よく帰ったな」「おかえり」と笑顔で返してくれた。

ま、もう十年近い付き合いになるからな。

あぁちなみにヒヨコくん、俺の名前はジェイドだからな？

ジェーイード。

覚えたかな？

『ピーヨーヨ？』

お、気のせいか音は合ってたぞ？　お前ヒヨコなのに頭いいのか？

「今回も怪我《けが》なく帰ってきたようだな。流石《さすが》は『年中健康体のジェイド』……と言いたいが、その前になんでお前、頭にヒヨコ飼ってるんだ？　しかも話してるし……」

「あぁ、実はトロールを倒したら腹から出てきまして。それからかくかくしかじかで頭に」

「かくかくしかじかじゃわからないんだが……まぁいいか。お前の友人のルアなんて、この前ゴブリンを街に連れ込もうとしてたからな。〝ダッチワイフの中に詰め込んで、動くワイフにしてやるぜ！〟って」

「馬鹿じゃねえのアイツ？」

倫理観とビルドファイトしてんじゃねえよあの野郎。

年中エロいことを考えてるアイツだが、ついに脳みそまで精液漬けになったかぁ。

これもう逆に進化だな。

「よし友達やめるか」

「そうしとけジェイド。……あぁそういえばお前、さらっと言ってたがトロールを倒したそうだな？　これは名声も実績も上がって、『万年三級ソロ冒険者ジェイド』の二つ名を返上か？」

「いやいやそんな」

他の冒険者なら嬉《うれ》しいことだが俺は困るぞ。

御免被る。

なにせ俺は、あえて三級の半端な地位で一人フラフラしてるんだからな。

テキトー言ってごまかしておくか。

「トロールといっても、『未開領域』のほうから傷だらけで逃げてきたヤツを狩ったまでっスよ。おそらく強力な魔物に襲われたんでしょう」

魔物同士でも戦うことがある。

なにせ連中は無駄にデカい身体《からだ》をしてるからな。

腹を満たすには同じくデカい魔物を食べるのが一番ってことだ。

「なるほどな。しかし倒したことには違いない。討伐証明部位である耳を持っていけば、サイズによってはそれなりの報酬が得られるぞ」

「えぇ、もちろん取ってあります。運よく結構な大きさでしたので、そのへんも期待してますよ」

「そうか。今夜は豪遊できるな」

よかったなージェイド、おめでとうジェイドと笑顔で讃《たた》えてくれる兵士さんたち。

最初はみんなそっけなかったが、コミュニケーションは取るもんだな。

「ありがとうございます。よければ夜、みなさんもギルド脇の料亭に来てください。エールの一杯でも奢《おご》りますよ」

「ってマジか。……相変わらずだなぁお前は。そんなだから、『お人よしのジェイド』と呼ばれて新入り連中に舐《な》められてるんだぞ？」

やれやれとみんな呆《あき》れ顔《がお》だ。

まぁ馬鹿にしてるというより、心配してるって感じだな。

ありがたいことだ。

「はは。別に誰彼構わず奢るわけじゃないですよ。兵士のみなさんには世話になってますからね。みなさんが門番や見回りをしてくれるおかげで平和に暮らせてますんで」

いやホントにね。

誰もが『スキル』なんてもんを持つこの世界だからこそ、一歩間違えばマジで治安が終わるわけよ。

どうかこれからも頑張ってほしい。

「くぅ～っ相変わらずイイやつだなぁジェイド！　ほかの冒険者ときたら粗野なヤツも多いのによぉ」

「あぁまぁたしかに」

仕方ないっちゃ仕方ない話だな。

誰もがスキルなんていう超能力を使える世界だろうが、そこにはやっぱり個々の適性や強弱がある。

俺の《鑑定《アナライズ》》みたいに魔物との戦いじゃ役に立たないスキルを持って生まれるヤツは多いしな。

そういう人たちは街の中で生産や治安維持に努め、逆にバトルしかできない奴《やつ》は魔物狩りに出ていくわけだ。

んで、後者のバトルしかできない連中。

未開の土地を切り拓《ひら》いていく『冒険者』たちは、前者の街に閉じこもっている人たちを馬鹿にする傾向にある。

「そういうの、どうかと思いますけどね。強さを叩《たた》き棒《ぼう》にして威張るとか、正直恥ずかしいっていうか」

「……お前さん。本当に冒険者っぽくないヤツだよな。礼儀正しいし謙虚だしよ」

そりゃまぁ元日本人だからな。

年上とか見ず知らずの相手にタメ口でグイグイいくとかマジで無理だから。

そんな無駄な心労抱えるくらいなら、態度だけでも丁寧に接したほうがお互い気持ちよく過ごせるだろ。

「ありがとうございます。ではみなさん、自分はこれにて」

「おうまたな～」

そうして街へと戻ろうとした時だ。

兵士さんの一人が、「そういえば」と言ってきた。

「例のトロール、なんかの魔物に傷だらけにされてたんだってな。そいつぁ伝説の『あの方』かもしれないなぁ？」

少しばかり目をキラキラとさせる兵士さん。

どこか少年じみた顔付きをする彼とは別に、俺は「うっ」と小さく呻《うめ》いてしまう。

おいおいまさか、この人が言いたいのって……、

「魔物でありながら人々を襲わず、逆に他の強力な魔物どもを悉《ことごと》く殲滅《せんめつ》させたという異端なる救世主！　暗黒の鱗《うろこ》を持ちながらも、人々に光を齎《もたら》した聖なる邪龍ッ！」

や、やめろ。その長くて恥ずかしい説明やめろ……！

「〝アナタは何者か〟と問うた人々に、かの龍は名乗った！　『我が名は――』」

うぇぇぇぇ……!?

「『我が名は、〝暗黒破壊龍ジェノサイド・ドラゴン〟である』とッ！」

うっわぁぁぁ恥ずかしいぃぃぃぃ……！

だってそれ、転生したばかりの俺なんだからよぉ……！


【今回の登場人物】

俺：肉食って暴力した人。ジェイドと名乗ってる。すかしたツラして、昔は〝暗黒破壊龍ジェノサイド・ドラゴン〟という恥ずかしい名前でブイブイやってたヤツ。反省中（※なお異世界だと普通にカッコいい名前だと思われてる）。
トロール：IQ3で必死に生きてる奇跡のアホ。くさい。被害者。
ヒヨコ：奇跡のアホボールから出てきたピヨチュー。電気の力でチキンになるぞ。
兵士さんたち：丁寧な主人公に好印象。

第二話 ◇ 爆走姉妹、レッツエンドゴー！

「うぅ……久々に恥辱を味わったな」

換金を終えた後のこと。

沈みゆく夕日に照らされながら、俺は『冒険者ギルド』脇の料亭で飲んでいた。

ちなみにツマミは『舌切り雀《したきりすずめ》の骨付き肉』だ。

やたら人間の舌を狙ってくる凶悪な魔物だが、肉はなかなかに締まってて美味《うま》い。

辛いくらいに塩かけて食べるとすごくエールと合うんだよなぁ。

ウメウメ。

『ピヨ〜……！』

なお、鳥類《ヒヨコ》のほうは戦慄の目で俺を見ている模様。

お前は食わんから安心しろ。

「にしてもヒヨコよぉ。やっぱり若い頃のテンションってのは怖いよな。それがはっちゃけてた時だと、特に」

生後数週間のヒヨコにも忠告しておく。

ある時たまたま力とか立場を得たからって、若さゆえのテンションで行動するのはやめたほうがいいぞ？

「俺は……あれだ。まず前世で大変な思いをしててさぁ」

前世ではブラック企業の新入りだったんだよ。

そこで血尿が出るくらい働かされて、そのまま過労で倒れて死んじまったんだよなぁ。

で、人生を後悔しながら目を瞑《つぶ》ったら、

「なってたんだよ。『暗黒破壊龍ジェノサイド・ドラゴン』にさぁ……！」

マジでビビったよ。

起きたら身体《からだ》がめちゃくちゃデカくて真っ黒なドラゴンになってたんだから。

でも、怖いくらいに違和感がなかった。

「不思議な感覚だったなぁ。まずわかるんだよ、自分が『暗黒破壊龍ジェノサイド・ドラゴン』ってクッソ恥ずかしい個体名なことに。そんで身体の動かし方とか、自分がやたら強いこととかな」

もしかしたらソレが魔物の『特性』なのかもしれない。

急に現れた生物、魔物。

もしやこの世には『女神ソフィア』の悪バージョンみたいな超常存在がいてさ（女神ソフィアが善とは限らんが）。

魔物ってのはそいつにより作られた生物兵器で、それゆえに自分の生態情報《データ》を把握しているんじゃないか？

　ってな。

「答えは知らん。ともかくわかったのは、『俺』っていうちっぽけな存在が世界でもメチャつよな魔物に生まれ変わったことだ」

　んで……そう気付いてからはもう駄目だった……！

「あぁ、それからはもう調子コキまくったよチクショウ……！」

　思いっきり炎を吹いたり、超音速でかっ飛んだり、何トンもある尻尾をブンブンッ振り回して、そりゃもうはしゃぐように暴れたよ。

　前世で鬱屈としてた分、ガキみたいにはっちゃけまくった。

　さらになんやかんやで人類がいることや彼らの厳しい現状を知ってからは、もっと駄目になった。

「なんとハイになっていた俺は、たまたま出会った王族たちに名乗っちまったんだよ。『我が名は、〝暗黒破壊龍ジェノサイド・ドラゴン〟である！』って、クッソ恥ずかしい名前をさぁ～……！」

　当時はそれがカッコいいと思うくらい浮かれてたんだよ～～～～……！

　そっからは〝闇の力で魔を駆逐する守護龍〟気取りで強い魔物とか全滅させてゲハゲハ笑って。

　で、そんな生活を十年以上続けたあたりで、ようやく気付いた。

　なんか俺、恥ずかしくないかと。

「強い魔物を狩りまくったのはまぁいいさ。それで人間勢力もかなり余裕が出来たみたいだし。でもなぁ～……それで恥ずかしい名前名乗って、上位存在気取ってるのもなぁって……！」

あとあれだ。

次第に王族とかが『あの魔物の剝製が欲しいのだが、死体を取ってきてくださらぬか？』『我らを乗せたまま演説させてくれぬか？』とか、なんか要求が図々《ずうずう》しいし政治利用までし始めたんだよなぁ。

姫様は優しかったけど親父《おやじ》とか兄貴とかがマジで無理。

あいつら俺のこと内心〝魔物風情が〟って思ってただろ。

「で。このままじゃ『いいように使われるバカ』っていう、前世とある意味変わらない存在になっちまうと思ってさ」

そんでやっぱこんな生き方してちゃ駄目だと決意。

「この世界の人間の細胞を参考に、気合いで人化して今に至るってわけだな」

なお人類だけに宿るはずの『スキル』はなんかその時に目覚めた模様。

人類判定ガバガバか女神？

「……以上、昔話終わり。やっぱ人間、性格に見合った立場で生きるのが一番ってことだよ。そのほうが食う飯も美味いってもんだ」

『ピヨ～？』

と、ヒヨコ相手に小声で愚痴りつつ、お通しの豆をあげていた時だ。

「あ、お兄さんってばヒヨコなんかと話してる〜」

俺をコケにしてくる双子姉妹が現れた。

「いい歳《とし》してそれはちょっとどうなわけぇ？　見てて恥ずかしいよ〜」

とニヤニヤ笑う銀髪チビスケと、

「もしかして酔ってるんですかぁ？　本当にどうしようもないお兄さんですねぇ」

とクスクス笑う銀髪チビスケだ。

こいつらの名はニーシャとクーシャ。

十代前半ながら立派に冒険者をやっている双子姉妹だ。

「私たちの爪垢《つめあか》でもペロペロするぅ〜？」

ちなみにランクは二級上位。

しかも女性だけのパーティ『妖精の悪戯《いたずら》』を率いてるってんだからマジすごいよなぁ。

「よぉ二人とも。今日も相変わらず元気そうだな、よかったよ」

「「む〜!?」」

不満げな双子姫様。

煽《あお》りをスルーされたのがお気に召さないらしい。

「もう！　馬鹿にされたんだから少しは怒りなよ！」

「そうですよ、これだからお兄さんを舐《な》める連中が後を絶たず……！」

と、今度は何やら説教し始めた。

な、なんかすみませんね？

「あと、いつまでも保護者ヅラはやめてよね。私たちもう立派なレディなんだから」

「そうそう、収入だってお兄さんより多いですしね～」

フフンッと揃《そろ》って胸を張る彼女たち。

「元気だなぁ。若さがまぶしいよ」

ちなみにこの二人は、俺が何年か前に拾って食べさせてやってた時期がある。

だから俺的には娘か妹みたいなもんなんだよなぁ。

今じゃすっかり馬鹿にされて嫌われちまってるけどさ。

「あぁ、お前らは本当に立派だよ。どうだ、一緒にご飯でも食べないか？　久々に奢《おご》るぞ？」

「はぁ？　万年三級ソロ冒険者のお兄さんが奢り～？」

「おう。実は偶然、トロールを倒して臨時収入が」

「「！？！？！？！？！？」」

次の瞬間である。

双子姉妹が俺の脇に飛び込むと、超高速の手つきで身体のあちこちを触ってきた！

「おっ、おいお前ら!?」

「「ぺたぺたぺたぺたぺた！！」」

なんだなんだなんだっ？

「怪我《けが》はッ……ふーん、ないみたいだね。お兄さんのクセにやるじゃん」

「ふぅ……やれやれまったく困りますよ。身の丈以上の相手に手を出すとか」

胸を撫《な》で下ろすニーシャとクーシャ。

これは、あれか？

「もしかして心配してくれてるのか？」

「「はぁ～!?」」

うわめちゃ怒ってきた。

「チョーシ乗らないでよね？　お兄さんは一応アレじゃん？　私たちの元保護者なわけじゃん？　それがトロールなんかに怪我させられてポックリしたらコッチが恥ずかしいじゃん!?」

「そうですよ。なにせソロ冒険者のお兄さんと違って、私たちは大注目の一大パーティ『妖精の悪戯』のダブルリーダーなんですからね？　メンツってもんがあるんですよ」

うわすごい早口で反論してきた。

そんなに見当違いだったか。

でもそうだよなぁ。

二人はイケイケな女子高生みたいなもんだから、俺みたいなうだつの上がらない兄貴分に悪目立ちされるのは嫌だよなぁ。

友達に知られたら恥ずかしいってやつだ。

反省せねば。

「すまんな、これからは気をつけるよ」

「「ふんふんっ！」」

わかればよろしいッ、と強く言いながら去っていくニーシャとクーシャ。

どうやら一緒に晩御飯の誘いもお断りなようだ。

ちょっとへこむなぁ。

「はぁ仕方ない。ヒヨコと侘《わび》しくご飯を……って、あれ？」

いつの間にやら手にしていた食べかけの鶏肉《とりにく》が消えていた。

あれどこ行った!?

「ま、まさかヒヨコくんが食べたのか？」

『ピヨ？』

よくわからないといった感じのヒヨコくん。

……まぁコイツが食うわけないよな。

同じ鳥類だし、コイツの体積よりデカいし。

「齧《かじ》りかけだったのに……ん～またかぁ。なんかたまにあるんだよなぁ、俺の私物が消えること

「……」


ハンカチとか下着とかタオルとかさ。

そういう身の回りのものがいつの間にかどっか行くんだよ。

「もしかして歳なのかなぁ？　邪龍ボディで脳機能はむしろ上がってるはずなんだが……」

身体も二十代後半くらいの設定だしなぁ。

うーん金品類はまだなくしたことがないからまぁいいが、ともかく不気味な現象だ。

「「うひょひょひょひょひょひょ！」」

俺は、なぜかギルドからハイテンションで爆走していく姉妹を見ながら、首を捻るのだった。


【今回の登場人物】

ニーシャ＆クーシャ：ヒロイン1号＆2号。趣味はお兄さん私物ハント＆お兄さんオナニー。お前らヒロイン降りろ。

第三話◇新人ちゃんたちと俺と脳みそ壊れた新人くん

冒険者のメインの仕事は『狩り』だ。

当たり前だよなぁ。

元々は〝魔物を狩って未開の土地を切り拓《ひら》いていく者たち〟を指す名称だったんだから。

だけど今はちょっと違う。

どっかの『恥ずかしい名前のドラゴン』が調子こいて暴れた結果、人類はかなりの余裕を得た。

そのおかげで若者をじっくり育てる余裕も出来たわけで、

「ほーれお前らへばるな。もっと打ち込んでこい」

「「ジェイド先輩、地味につえぇ……！」」

「地味にってなんだ」

冒険者ギルド脇の訓練場にて。

俺は三人の若者パーティを相手に『戦闘訓練』を行っていた。

駆け出しほやほやの五級冒険者たちだ。

「簡単にへばるな。心を鍛えておけ。『スキル』の使用にも精神力を消費するからな」

「ひぃ、先輩厳しいっスよ……！　会った時にはご飯とか奢《おご》ってくれたのに……」

「関係あるか」

これもギルドからの正式な仕事だ。

たとえこの三人パーティ『未知の光』が田舎からの駆け出しで、訓練前にたまたま出会って奢ってやったり世話してやった仲だからって、それで手を抜くヤツがいるかよ。

「じゃあ最後に一人ずつ復習していくぞ。ほい、剣士のエイジ、こい」

「お、おうっス！」

ともかく今は若者を育てる余裕が出来た。

強い魔物も壊滅状態になったことで、死亡率はグググッと落ちたそうだ。

無駄に暴れた甲斐《かい》はあったな。

「うおおッ！　万年三級野郎に負けてられるかァッ！」

と、剣士くんが正眼で打ち込んできた。

こっちも集中しないとな。

「剣には剣で相手してやる」

スキル発動《収納空間《アイテムボックス》》、解放。

手元に訓練用の木刀を具現する。

「からのほいっと」

高速の横薙《よこな》ぎ。

それが見事に脇腹にヒットして、

「うぎゃあ!?」

剣士くんはあえなくダウンした。

南無。

「うぅ……防ぐことも出来なかった……」

対処できなくて当たり前だ。

「正眼による突撃は速く鋭く攻撃できるが防御に欠ける。特に横下方向には剣を動かしづらくなるしな。馬鹿正直にやったら死ぬぞ」

「はひぃ……」

とアドバイスするのも束《つか》の間《ま》。

今度は横合いから槍使《やりつか》いのヴィータが突っ込んできた。

「おりゃ食らえぇっ！」

「奇襲か、いいぞ。魔物との戦いにルールなんてないからな」

だが甘い。

俺は今度は訓練用の木槍を顕現。

その『柄《え》の下部』を握って突き出すだけでハイ終わりだ。

「おらよ」

ヴィータは勢いそのままに、俺の槍先に腹を突かれることになった。

「ぐぇえ～～!?」

「槍の魅力は何より『リーチ』だ。だが逆に言えば、もっとリーチのある相手には工夫しなきゃ無力ってことだよ。それこそ奇襲かまそうが、矛先を『置かれる』だけで対処されちまう」

今見事にカウンターを食らったみたいにな。

今回はお互いにギルド支給の同じ長さの槍を使ってたが、その場合でも持ち方を変えればこの通りだ。

二度と油断するなよ。

「さて最後は」

首を傾ける。

すると頭の横を高速の矢が駆け抜けていった。

頭のヒヨコさんが『ピギャー!?』と悲鳴を上げた。

「弓使いのシーラが相手だな」

「ちっ、外した……！　てかなんで頭にヒヨコ飼ってるの……!?」

「かくかくしかじかだ」

この子も奇襲を仕掛けてきたか。

しかもエイジとヴィータがやられてる間にしれっと遠くに移動していた。

弓使いの距離だな。

「ナイスポジショニング。弓使いは冷静でなきゃな」

ちなみに彼女とヴィータは女の子だったりする。

エイジくんモテるんだなぁ。

「じゃあ最後は遠距離対決と行くか」

スキル発動《収納空間《アイテムボックス》》、解放。

そこから訓練用の弓矢を取り出すと、向こうは目を丸くしてきた。

「……流石《さすが》は『マルチウェポンのジェイド』と呼ばれる先輩。マジでどんな武器でも使ってくるんですね」

「小器用なだけだ。その道の達人の腕には及ばんよ」

実際、俺の邪龍ボディが優秀なだけである。

まず動体視力やらがすごいからな。

まるで止まった空間にいるようなものだ。

おかげで彼らの繰り出す剣や槍をじっくり見極め、冷静に対処することが出来た。

「さて、遠距離対決のコツは簡単だ。相手より速く攻撃をして当てればいい」

「だったらッ」

矢を番《つが》えんとするシーラちゃん。

でも、

「『弓対決』なんて誰が言ったよ?」

持ったままだった槍を投擲《とうてき》。

彼女の腹にずごっと当たり、一撃で沈めるのだった。

「放つだけなら投げ槍のほうが速い。ほい、これでお前ら全滅だ」

「おえぇぇえ……っ!? うぅっ……!」

えずきながらシーラちゃんがこちらを見上げてくる。

「ジェ……ジェイド先輩、ずるくないですぅ……?」

「いや言っただろ?」

魔物《おれ》との戦いに、ルールなんてないってな。

◆　◇　◆

オレの名はエイジ!

いつか英雄譚《えいゆうたん》のごとき偉業を成すべく冒険者になった男だ!

ありがたいことに村の幼馴染《おさななじみ》二人もついてきてくれた。

『しょーがないから力を貸してやるよ!』

『アナタ一人だと不安ですからね』

元気っ娘《こ》のヴィータに、クールなシーラ。

共に頼れる仲間であり、守るべき大切な女の子たちだ。

明らかにオレに好意があるな。

よしやってやる。

彼女たちにふさわしい男になろう。

そんな誓いを胸に、冒険者パーティ『未知の光』を組んで活動を始めた、のだが、

「――はい、訓練終わり。復習したけりゃ俺に言いに来いよ」

「「あ、ありがとうございましたぁ……！」」

……万年三級と呼ばれる先輩にボコボコにされてしまった。

お、おかしい。

物語の英雄たちは、駆け出しの頃から周囲に実力を示したり、秘められた才能に覚醒してるものなんだが……！

それと……、

「ふ、二人とも大丈夫か!?……ジェイド先輩、本当に容赦がなかったな。女の子のキミたちまでボコボコにしてきて」

気弱そうな大人だと思ってたのに驚きだ。

先日たまたま見かけたが、小さな双子に馬鹿にされっぱなしで苦笑してたような人なのに。

「女の子を傷付けるなんて何考えてるんだが。二人とも、もしかしたらあの人怖い人かもしれないから」

だから関わらないほうが、と言おうとした時だ。

ヴィータとシーラは揃《そろ》って、

「「悪くないかも……」」

と呟《つぶや》いた。

えっ、ん!?

「わ、悪くないって何が!?」

「いやその、最初は気弱そうな人だと思ってたけど。でも稽古してみたら明らかに強くて、何より真剣に激しくやってくれてさ……」

ヴィータ!?

思いっきりお腹《なか》を突かれたのに何言ってるんだ!?

「ですね……。訓練が始まるや冷めた目になって、容赦なく屈服されちゃって……。何をしても通じず、まるでヒトじゃない『上位種』を相手にしてるみたいな……」

シーラ!?

突かれたお腹をなに擦《さす》って微笑《ほほえ》んでるんだ!?

なんで二人ともちょっと顔を赤らめてるんだ!?

「「大人の男の人って、すごいかも……!」」

「ふ、二人ともぉ!?」

い、痛い!

なんか脳が壊れるような、未知の痛みがするんだがーー!?


【今回の登場人物】

ヴィータ:新人。女。胸がでかい。がさつ。
シーラ:新人。女。胸はふつう。クール。
エイジくん:ティンタ村出身の15歳。社会というものを知らないがゆえに根拠のない自信を持った男の子。小麦色の髪にちょっと童顔で中性的な顔立ちが特徴。腰付きもくびれが現れるほどに細く、服が靡《なび》くたびに見える若々しい肌のきらめきは、見る者によって艶めきさえも感じるものだと無垢《むく》な彼はまだ知らない。
村にいた頃は同世代の悪ガキたちからは「エーちゃーん」と呼ばれてたまにからかわれていた。その反動か英雄譚に憧れるようになり、自身も強力な魔物を討ち取って詩人に謳《うた》われる存在になるべく冒険者になった経緯を持つ。なお幼少期には病弱だった時期があり、今も身体《からだ》は細いほう。それゆえ村にいた時は男同士の遊びに体力が追い付かないことがあり、それを見かねたヴィータとシーラが盤上遊びに誘ってあげたことで幼馴染となった。

エイジは二人を「もしかして自分に惚《ほ》れてる!?」と思っているが、二人にとって実はエイジは「弟みたいな存在」。それどころか背も低い彼に対してはたまに「出来の悪い妹」とすら思っている。

そうとは知らず、二人を引き連れて意気揚々と都市にやってきたエイジ。

そこでお人よしながらもどこか枯れた雰囲気の先輩三級冒険者・ジェイドと知り合い、その男を親切と思いながらも内心見下すのだった。

それゆえ自信ありげに模擬戦を挑むも、攻撃が一切かすりもせずに敗北。

軟弱な身体つきゆえ真っ先に倒れてしまったエイジが見たのは、男の服の下から覗《のぞ》く鋼の筋肉と、温厚な眼差《まなざ》しの奥に潜む冷たい瞳。

そして、男に対して見たこともない顔をする幼馴染たちで――！（以下略）

第四話◇工作所の俺と管理人のオッサン

「ふっふっふっふ……！」

お天道様のもと、俺は元気に『開拓都市トリステイン』を歩いていた。

この街もすっかり綺麗《きれい》になったもんだ。

十年前なんて当たり前に糞尿《ふんにょう》が撒《ま》かれたりしてたからな。

リアル中世並みの衛生環境だったよ。

「日本人ソウルを持つ俺には耐えられない環境だったぜ。さてヒヨコくん、そんな俺が今向かってるところはどこでしょう？」

『ピヨ』

そう正解！（問答無用）

「答えは、共同工作施設だ！」

お金を払えば誰でも木材加工から鍛冶作業までさせてくれるステキなところだってばよ。

はいそんなわけでスキル《高速歩法《スピードウォーク》》を使って爆速歩行。

途中で「あらジェイドちゃん元気ね～」と近所のおばさんからパンもらったり「ママどこー!?」と泣き喚《わめ》くキッズにパン半分こしてあやして母親を見つけてあげたりしつつ、施設まで到着した。

うし来たぜ。

「日本人といえばモノづくりだからなモノづくり。ジャパンの血がうずくってもんだ！」

『ピヨ！』

まぁ今の俺の血は『暗黒破壊龍ジェノサイド・ドラゴン』ブラッドなわけだが、細かいことはどうでもいい。

管理人さんにお金を払っていざ入場。

貸し与えられた作業台の上に、さっそく素材をドチャッと並べるのだった。

「はいジェイドくんの3分で出来たらいいなクッキング。今日作っていくのはね、みんな大好き『魔導兵装』になります～」

『ピヨ？』

食っちゃ寝しか脳にないヒヨコくんに教えてあげよう。

――『魔導兵装』。

それは魔物の素材を使った武器のことだ。

「魔物ってのは身体《からだ》が強靭《きょうじん》に出来てるからな。アイツらを倒すには、アイツら自体の身体を利用したほうがいいってこの世界の人間は考えたわけだよ」

ソレを知った時にはワクワクしたね。

モンスターをハントして武器にするとか、それ俺が学生時代にめちゃ好きだったことじゃねーかと。

「まぁ今の邪龍《おれ》はむしろ逆鱗《げきりん》とか剝がされる側だし。てか武器がなくても戦えるんだけどな」

でも大事なのはロマンだよロマン。

モンスターハントしたりゴッドイーターして武器を作るのはもはや日本人の心なんだよ。

「つーわけでやってくぜ」

はい本日用意しましたのは、『トロールの筋繊維』と『トレントの太枝』ですね。

こちらで弓を作っていこうと思います。

「ヒヨコくん、トロールってのは覚えてるかな?」

『ピヨピヨピヨピヨピヨピ～ヨピヨ?』

「なんて?」

まぁどうせ覚えてないだろうから説明しよう。

トロールってのは先日倒した筋肉ダルマだ。

ＩＱ３のやつ。

はい説明終わり。

んで、トレントってのは人面大木モンスターのことだな。

普段は木に化けてるんだが、人が無警戒に近づくと口を開いてバックリ食らいついてくるカス野郎だ（※三回嚙《か》まれた）。

「厄介な魔物だけど、コイツの枝は普通の樹木よりも硬くてしなりがあるんだよなぁ」

だから弓を作るのに最適ってわけだな。

「はいというわけで太枝を削っていきましょう」
①まずは持ち込んだ小刀で薄く削っていきます。
はいショリショリショリ～……バキッ。

「……小刀が折れちゃいましたね。いやまぁ今回のトレントはなかなか強力なヤツでしたからねぇ。今まで多くの冒険者を食らって成長してきたみたいで」

それを倒して素材を持ち帰ったわけですわ。

そーいう人間食いまくったヤツの材質ほど強靱《きようじん》になるわけでして。

小刀の一本くらいしゃーないしゃーない。

「それを見越して二本目持ち込んでるわけですよ。流石《さすが》ジェイドくんかしこい～」

はい引き続きショリショリ～……バキッ。

「あっ……うん、まぁそれくらいいい素材ってことでね」

それを見越して三本目もあっから。

はい気を取り直してショリショバキ。

「…………………」

なんかもう全てがめんどくさくなった。

いいよ。どうせ周囲に人いないし、そのうえ俺って作業中は邪魔されたくないからスキル《隠密《ハイディング》》で存在感消してるし。

というわけで、爪を変形させて邪龍クローを顕現。

それでペロッと太枝を撫《な》でると、あっちゅーまにイイ感じの薄さに裂けるのだった。

「はいそんなわけでね。①の作業がめんどくさくなったみなさんは、ぜひ邪龍に転生してみてください……」


ちょっと敗北感を覚えつつ、気を取り直して②の作業に向かう。

今度は弦づくりですよ弦づくり。

普通の弓は馬の尻尾とか使うみたいだけど、今回は魔導兵装ですからね。

なんとトロールの筋繊維を使っちゃいます。

「これをヨリヨリネジネジして一本の弦にして張るわけですね～。いやぁ強力な弓ができそうです」
②期待を胸に、施設にある専用の加工機をお借りしましょう。
糸紡ぎ機みたいなもので、筋繊維の両側をがっちりセットして手元のハンドルを回すと、グリグリと捩《ね》じれて～～～～～～～～～バキッ。

「あーーーーッ!?　あーーーーーッ!?　あーーーーーーーーーーーーーーッ!?」

ハンドル！　ハンドル折れたぁ!?

「あーっ、ちょっとジェイドくんどうしたわけ!?」

そして管理人さん飛んできたァッ！

「いやいやいやいやいやなんでもないッスよ!?　絶好調作ってワクワクタイムです！」

「え、でもなんか叫んでたような。あとなんで加工機を背に隠してるんだい？」

まさか壊したんじゃ……!?　と迫る管理人さん。

ぎくぎくぎくぅ～！

「そっ、そんなわけないじゃないですかぁ！　ハイッ、この通り！」

そうして俺は加工機を見せた。

そこには、傷一つない立派な姿が。

「あっ……本当だ。というかなんだか、ピカピカになってるような？」

はい。

それは俺がレアスキル《物体修復《オートリペア》》を使ったからですね。

……と言えるわけもないので、愛想笑いで誤魔化しておきます。

「こ、この施設にはいつもお世話になってますからね～。使用ついでに油差しや清掃をしておきました ァ」

「おぉそうなのかい？　相変わらずジェイドくんは人がいいなぁ～」

これからも御贔屓《ごひいき》にね～と去っていく管理人さん。

ふぅ。どうにか評判落とさず済んだってばよ……。

「こわかったよぉ…………！」

ちなみに、こんな事態になったのは十七回目である。

おかげで『定期的に設備をピカピカにしてくれるジェイドくん』という妙な異名が増えてしまった。

はぁ。これまではどうにか悟られずにきたが、いよいよ危なくなってきたなぁ。

「く、くそぉ……！　全ては、全ては邪龍ボディが悪いんじゃ……！」

どうやら『トロールの筋繊維』を加工するには相当な力が必要らしい。

ハンドルを回している時にも元の状態に戻らんとめちゃ反発していたのだろう。

常人ならそこで回すことが出来なくなって諦めるだろうが、俺は邪龍である。

筋繊維の抵抗など一切気付かずにクルクルしてしまい、結果、加工機のハンドルくんが音を上げちゃったわけだな。

「うぅ、最初からこうすりゃよかったんだ……」

というわけで再び周囲を確認。

誰も見ていないと把握すると、筋繊維を両手の邪龍指でつまんでクリクリした。

はい弦完成。

作業手順②終わり。

邪龍パワーを使うのが一番でした。

おばかさん。

「はぁ、違うんだよなぁ。モノづくりってのはもっとさぁ、ちっぽけな人間が知恵と時間を尽くして地道にやるもんでさぁ……」

なのになんだよこの身体は？

創意工夫ってもんを力ずくで解決しやがってよぉ？

「どう思うよヒヨコくん？　人の技術を舐《な》めてるよなぁ？」

『ピヨ』

お前も同意かそうだよなぁ！（問答無用）

「よし決めた。俺は二度と邪龍パワーを使わないぞ。俺はまっとうに生きるんだ」

ちっぽけな人間の力で懸命に歩む。

それこそが『人生』だと俺は思う。

「俺は所詮凡人だ。だからこそ、過ぎた力に呑《の》まれることなく、当たり前に人間として生きていたい。それこそが俺の魂の誓いだ」

誓約を胸に作業を続ける。

次はほぼ最終段階。
弦を通すために、トレントの太枝の両端に穴を開けるぞ。
③施設にあった手回しドリル機を使って……バキッ。
「…………」
うっし、邪龍の爪で穴開けるか～。

【今回の登場人物】
俺：工作所の常連客。本名が恥ずかしい人。クソ邪龍パワーでモノを壊しては焦って直している、破壊と再生を無駄に司《つかさど》る者。
管理人のおっさん：何も知らないそのへんのおっさん。綺麗に使ってくれている（と思ってる）ジェイドに好印象。

『開拓都市トリステイン』には下水道が存在している。

十年前はなかったヤツだ。

つーか下水道という概念自体世界に存在しなかった。

みんなマジでそのへんに糞尿《ふんにょう》撒《ま》いてたからな。

終わってたよ。

「でだヒヨコくん。下水道みたいな暗くて汚い場所には、何が住み着くと思う？」

『ピヨ？』

「そうネズミだ（問答無用）」

そんなわけでやってきたワケですよ下水道。

なんかギルド曰《いわ》く、『巨大鼠《きよだいねずみ》ジャンボラット』とかいう普通のネズミの十倍デカいネズミな魔物が繁殖しているそうで。

それを狩ってきてほしいというお仕事を受けたわけだ。

なお、誰も受けたがらない模様。

それも結構な高額依頼とされているのにだ。

「なんでだと思うヒヨコくん？」

『ピヨピヨピヨピヨピ～ヨピヨ？』

「なんて？」

よくわからんがどうせ不正解なのでお答えしよう。

答えは、『汚い』からだ。

「誰が来たいと思うかよ。こんな冒険者仲間《ルーアー》の下半身くらい腐乱した場所」

脇にくっさい生活排水が流れてるんだぜ～？

誰も来たくねーよ当たり前だよなぁ。

「俺も本当は嫌なんだぜ？　スキル《感覚操作《アイソレーション》》で嗅覚封じてスキル《消臭《デオドラ》》と《消毒《デトックス》》で悪臭と雑菌付くの封じた上でスキル《芳香《フローラル》》使ってイイ匂いを保ってるけどさ、でも心理的にキツいっていうかさぁ」

俺は綺麗《きれいず》好きだからな。

そんな俺がなぜこの仕事を受けているか。

それはカネのためだ。

「……ヒヨコくん。俺は思ったんだよ。やっぱり自分だけの家が欲しいって」

『ピヨ？』

今の俺の住処《すみか》は長期契約可能の宿屋だ。

前の世界で言えばアパートだな。

そこを利用させてもらってるわけだが、やっぱり狭いしお隣さんとかを気遣わないといけないわけでさ。

「ンで何より、モノづくり大好きジェイドくん的には好き勝手出来る工作部屋を作りたいわけよ」

てかソコが一番の理由だったりする。

……もう共同施設の備品を壊して慌てふためくのはこりごりだからな。

というわけで『邪龍ハウス』の建設目指して働こうと思いまーす。

うおー。

『――ギュァアッ！』

「お、出たなクソネズミ」

のこのこ歩いてたらさっそく出ましたよジャンボラットさん。

全然かわいくない鳴き声でございますね。

「一応見とこ。スキル《鑑定《アナライズ》》発動っと」

対象名：『巨大鼠ジャンボラット』
種族能力：【超免疫】（あらゆる毒と菌類への耐性付与）

個体能力：【なし】
ホモサピエンスを優先して害する魔物の一種。
一匹一匹は比較的弱いが、集団で襲い掛かってくるため要注意。
『冒険者ギルド』より危険度判定Cとされている。

ジャンボラット1号の後ろから十匹ほどのラットが駆けてきて、たちまちクソネズミーランドになった。

汚い。

「なるほど、集団でねぇ」

厄介だなぁと思ってたらズラズラと。

『ギュガギャァアアッ！』

さっそく襲い掛かってくるクソネズイレブン。

一体を戦闘破壊しても後続の巨大ネズミがズラズラって感じだな。

「こういう時は冷静に距離を取ってと」

まずは大きく後ろにジャンプ。

次に虚空から大弓を取り出した。

先日作ったトレントとトロールの『魔導兵装』だ。

「名付けて『トトロの魔弓』だぜ」

スキル《鑑定《アナライズ》》によると、

・『トトロの魔弓』　レア度：3　種別：弓　重量：25キロ　製作者：ジェイド
物理攻撃力：300
属性攻撃力：0
耐久度：100％
特殊能力【強弦】
『食人樹トレント』の材木をベースとした大弓。
さらに弦には『豚鬼トロール』の強靭《きようじん》な筋繊維を加工して用いているため、その破壊力は計り知れない。
なお使用には重量相応の筋力が問われる。

って感じの武器だ。

「〝一般的成人男性が全力で長剣を振り下ろした時の攻撃力〟が50らしいから、こりゃ期待できそうだな」

力の入れ具合でさらに威力も上昇するしな。

「さっそく試させてもらおうか……っと！」

矢を取り出し、素早く一発ズバンッとな。

すると～。

『ギュギィ!?』

俺が放った矢はネズミ数匹を一気に貫いた！

ヒャッハーゴートゥヘブンッ！　うーん強い！

「今回の武器作成は大成功だな。久々の大当たりだぜ」

逆に大失敗の時もある。

捨てられた武器に怨霊が宿った魔物『リビングウェポン』の刃を使ってブーメラン作ったことがあったんだよ。

魔物化した刃はめちゃ切れ味が上がってるからな。

それでさっそく投げてみたら、

「……回転中に魔物としての意思を取り戻して、俺にぶっ刺さりに戻ってきたんだよなぁ」

頭に刺さって痛かったよ。

邪龍の生命力してなきゃ死んでたぜ。

そういう事故が起こることがあるから、『魔導兵装』作成って意外と手を出す奴《やつ》が少ないんだよなぁ。

『ギュガーッ！』

おっと。

考え事をしてたらネズミーズの残りが突撃してきやがった。

「うし、近接戦ならこれだな」

次に懐から取り出したのは、失敗作のリビングウェポン製巨大ブーメラン。

名付けて『ポメラくん』だ。

なお性能はこんなとこ。

・『ポメラくん（失敗作）』　レア度：3　種別：ブーメラン　重量：35キロ　製作者：ジェイド
物理攻撃力：400
属性攻撃力：0
耐久度：100％
特殊能力【自律行動（制御不可）】
『食人樹《トレント》』の材木から生成した本体に、『武装怨霊《リビングウエポン》』の刃を付け加えた巨大ブーメラン。
重量相当の凄《すさ》まじい威力を誇るが、怨霊の意識が蘇《よみがえ》ってしまい制御不能の危険物に。

『■■■■《ギシャアアアア》――ッ！』

声なき声で叫ぶポメラくん。

表面には目玉がいくつもギョロギョロしており、勝手に浮遊して俺を刺さんとしてくる失敗作なのだが……、

「邪龍パワーで抑え込めば問題ないよなぁ」

ガシッと力ずくで握り込む。

そして、

「オラオラオラオラオラオラオラァ！」

『ギャビィーッ!?』

『■■■■《ギシャシャアアアア》――ッ!?』

そのまんま剣のごとく振るい、ネズミーズを壊滅させるのだった。

わっはっはっはっは。

ブーメランである意味、無《ね》ェ～～～～～～～～～～。

【今回の登場人物】

俺：ジェイド。本名が恥ずかしい人。頭にヒヨコ飼ってるけど潔癖症。家が欲しいと下水道で思った。
クソネズイレブン：絆《きずな》で繋《つな》がった最高のチーム！　本名が恥ずかしいヤツにみんな殺されたぞ。
ヒヨコ：飛んでたゴキブリを本能的に嘴《くちばし》でキャッチしたら、ジェイドの頭から本気で追い出されかけた（描写外シーン）。

第六話◇未来のスターと邪龍の俺

春も中頃。

すっかり雪解けした季節だ。

この時季になると、エイジくんたちみたいなピカピカの冒険者志望《ルーキー》たちが各村落からやってくる。

「そういう連中は血気盛んで戦闘用スキルも有してるからな。ヘマしなきゃわりとガンガンのし上がっていくんだが」

『ピヨ？』

ヒヨコくんに語りながら、都市南方の『魔の森』を歩いていると、

「——ど、どなたかお助けを～～～っ!?」

と、女の子の情けない悲鳴が聞こえてきた。

「まぁ、ヘマすればこうなるわけだ」

さて邪龍イヤーは地獄耳だ。

瞬時に声の発生源たる座標を捉えて、いざ行くぞっと。

◆◇◆

「ひぃいぃいぃいぃいい……!?」

来たら少し面白い状況になってた。

まず目につくのが、大木の下でへたり込む女の子だ。

目元が隠れるような長い前髪をしていて、如何《いか》にも気弱そうな感じだ。

「血気盛んとは真逆だな。冒険者じゃないのか……とも思ったが」

一応は厚手のローブを装備している上、ちょっと離れたところにナイフが落ちている。

首元にも『Tr№3810．KOMORI：V』と書かれたネームタグが下げられてるしな。

ありゃ『トリステインでの冒険者登録番号3810、コモリ：五級冒険者』って意味だ。

「んで」

『『フッシュゥウゥウウウッ！』』

巨大一本角の鹿型魔物『ロングホーン・エイク』が二頭、女の子の頭上ギリギリの木の幹に角を深く食い込ませていた。

鳴き声変だな。

「あーなるほど」

まず森で角鹿に襲われる女の子。

ナイフすら投げ出して逃げるも、人類抹殺が大好きな魔物が見逃してくれるわけがない。

んで追いつかれ、二匹同時に突っ込んできたところで……、

「咄嗟《とつさ》にへたり込んだら、ちょうど後ろにあった樹《き》に角が刺さったわけか」

運がいいなぁ。

運も冒険者には大切な要素だ。

「そっ、そこの人、どうかお助けを～～……！」

とそこで、コモリって女の子が俺に助けを求めてきた。

いや必要か？

「ナイフ取りに行ってコイツら殺せばいいんじゃないか？」

「こっ、腰が抜けて動けないんですぅ～～っ！」

ってマジかい。

本当に冒険者とはかけ離れたヘタレっぷりだな。


『『フシュ～～～ッ!?』』

コモリの呼びかけで角鹿どもが俺に気付いた。

奴《やつ》らがこちらに首を捻《ひね》ろうとすると、刺さっていた樹がミキミキッと抉《えぐ》れ、結果的に角が抜けた。

「おお、よかったな鹿ども。コモリちゃんから意識そらしたのが功を奏したな」

「奏してないですよッ!?　何をのんきな～～!?」

俺に向かって突撃してくる鹿二頭。

フシュシューッと変な鳴き声を出してるが、巨大角による一突きは脅威だ。

文字通り、不意を衝《つ》かれて一撃死する冒険者は多い。

「こういう時こそ冷静にっと」

俺は寸前で寝そべるように身を屈《かが》めた。

『『フシューッ!?』』

頭上で角が空振《からぶ》る気配。

それを感じながら瞬時に《収納空間《アイテムボックス》》解放。

虚空より刃付きの巨大ブーメラン『ポメラくん』を握り、

「せいっ」

その場で独楽《こま》のように一回転。

結果、鹿どもは四肢を斬られてバタッとその場に倒れ伏した。

ここまでほんの数瞬だ。

「よし解決と」

『■■■《ギシャ》ーッ、■■■《ギシャ》ーッ!?』

「そしてお前は暴れるな」

無駄に意思と目玉付きでキモめんどくさいポメラくんである。

俺はそいつで『フシュ～～～ッ!?』と悶《もだ》える鹿どもの首を落とし、さっさと虚空に仕舞い込んだ。

その鳴き声なに？

◆　◇　◆

「――グズッ、グズッ、助かりましたぁ……！」

「あーよしよし」

鹿どもを狩った後のこと。

涙で顔面ぐちゃぐちゃのコモリちゃんに泣き付かれた。

「もう駄目かとぉぉ……」

ちなみに今でも腰ガックガクだ。

こりゃ街まで送っていかないと駄目だな。

「話はあとだ。ここにいたらまた魔物が来るぞ？」

「ぴぃッ!?」

ぴぃって。

「で、でも私、足が、まだ……！」

「わかってるって。というわけでホイ、おぶさりな」

彼女の前で背を向けて腰を下ろす。

ほいおんぶだおんぶ。

乗ってけお客さん。

「えぇぇえっ!? そ、それはいきなり悪いと言いますかぁっ!?」

「遠慮はいいさ。どうせ歩けないんだろ?」

「あふっ!? じゃ、じゃぁ失礼しますっ……!」

ようやく乗ってくれるコモリちゃん。

うぉかっる。

俺の邪龍パワーにかかれば大概のモノは軽いが、それでも軽すぎだろ。

まぁ見た目も小柄だしなぁ。

『ピヨッ!』

「わっ、頭からヒヨコさん出てきた!?」

「そいつは無賃乗車犯だ。じゃあ行くぞっと」

立ち上がって街を目指していく。

ここ『魔の森』も十年近く通い続けた場所だからな。

近道や歩きやすい道をつったかたーだ。

「申し遅れたな。俺の名はジェイド。『開拓都市トリステイン』で活動してる三級冒険者だよ」

「えぇっ、三級だったんですか!?　てっきり一級とかかと……」

「ないない」

一級冒険者は数が少ない上、活動してるのはもっと奥地の魔物がウジャウジャいるところだ。

「で、そっちはコモリちゃんだったよな?」

「は、はいぃっ!」

背中でビクッと震える彼女。

うーんこの性格は……、

「単刀直入に聞くが、なんで冒険者になったんだ?　ぶっちゃけ向いてなさすぎるんだが」

そう問うと、彼女は「うぐぅ……」と口ごもってしまった。

「あー、言いたくない事情があるんならいいんだが」

「あぁいえっ、言います言います。ジェイドさんは命の恩人ですし……」

コモリちゃんは「つまらない話ですが」と前置きし、語り出した。

「その、私って小村の出身なんですけど、家族も多いんですよ。それで」

「小銭だけ持たされて『開拓都市トリステイン』に口減らしまがいの追い出しを食らったのか」

「はい——ってなんでわかるんですかっ!?」

「いやぶっちゃけよくある話だし……」

この世界に児童福祉法みたいなのはないからな。

ちなみにトリステイン領にはある。

ウチの領生まれの子に限るが、十五歳まではガッツリ保護するよう俺が色々と手を回して領主に作らせた。

「でもコモリちゃん、わざわざ冒険者になることはないだろ」

稼ぎも多いが危険な仕事だ。

今のトリステイン領は〝ある事情〟で盛り上がってるから、他の仕事もそこそこあるだろうに。

「冒険者は日々命を張ってるからな。そのぶん、性欲まみれな変態とかガラ悪いヤツも多いぞ？」

「で、ですよねー……。私も登録の時、金髪の子が『オレ、ルアァ！　お嬢ちゃん冒険者になるの!?　手取り足取り教えよっかぁ!?』ってニチャニチャ笑顔で迫ってきて……」

「あの野郎なにやってんだ」

恥ずかしいことに俺の知り合いである。

以前、門番に『ダッチワイフにゴブリン詰め込んで動くようにしようとしてる』って報告された男がソイツだ。

「まぁでもわかっただろ？　冒険者なんてやめとけって。仕事なら俺が紹介してやるから」

「うぅ……」

諭す俺だが、コモリちゃんは頷《うなず》かない。

気弱な性格にも拘《かか》わらず、だ。

「……もしかしてコモリちゃん、冒険者として何かやりたいことがあるのか？　それとも実はすごい戦闘用『スキル』を持ってたり？」

「それは……どちらもいいえです。夢なんてないし、スキルに限っては『ゼロ』なんですよ？　珍しいでしょう」

「マジか」

そりゃ珍しい人種だ。

皆無ってわけじゃない。が、それでも大抵の人間は一個くらい持って生まれるものだ。

「だから私、兄弟姉妹の中じゃ一番馬鹿にされてて。……お母さんも、こんな穀潰《ごくつぶ》し産まなきゃよかったって」

「それは……」

どう励ませばいいかわからない話だ。

言葉に詰まる俺だが、不意に彼女は「でも」と続けた。

「だからこそ私、何かを成し遂げたかったんですよ。こんな私でもすごい魔物を狩ったり、誰かを助けたりできるって、証明したかったんですよ……っ！」

背中が濡《ぬ》れる。

いつしかコモリは泣きながら、彼女なりの『意地』を明かしていた。

「だから、冒険者を選んだわけか」

「はい……。でも結果はこの通りです。悲鳴を上げて、腰を抜かして、通りすがりのジェイドさんに助けられて運ばれる始末」

まさにおんぶにだっこですね、と彼女は背中で苦笑した。

「……冒険者はもう辞めます。御恩を重ねてしまいますが、先ほどのお仕事紹介の話、受けさせてください」

そう言って彼女は意地を捨てるのだった。

なるほど。

「まだだ」

「えっ？」

背筋を伸ばし、彼女を地面へと下ろす。

「わっ、とっ!?」

「コモリ」

ふらつく彼女の肩を抱く。

前髪の奥の瞳が揺れた。

「ジェ、ジェイドさん……？」

「まだだぞ、コモリ。意地を捨てるにはまだ早い」

スキル発動《収納空間《アイテムボックス》》、解放。

俺はそこから金が入った小袋を出した。

「まとまった金だ。これをやる」

「え、えぇっ!?」

「街に戻ったらその金で、装備と武器を整えろ。俺が今から紹介する店なら良質品を格安で売ってくれるだろう。丁寧に接すれば何を選べばいいかも教えてくれるはずだ」

いくつかの店名と場所をメモに書き、小銭袋ごと彼女に手渡す。

「ちょっ!?」

あぁまだだ。

「武装を整えたら『妖精の悪戯《いたずら》』ってパーティに話しかけろ。俺《ジェイド》からの紹介と言えば数日は世話をしてくれるはずだ。あそこは女性だけのパーティだから、セクハラされる心配はない」

ニーシャとクーシャには手間をかけさせてしまうな。

今度必ず埋め合わせはしよう。

「ジェ、ジェイドさんっ。私、もう諦めるって……!」

「それは本音か?」

「っ!?」

俺はコモリの顎を持ち上げ、俯《うつむ》き気味な顔を上げさせる。

長い前髪を払って、しっかりと目線を合わせた。

「本当は諦めたくないんだろう？　悔しいんだろう？　冒険者として大成して、家族を見返してやりたいんだろう？」

「それ、は」

「だったら、まだだ。装備を整えろ、アドバイスを受けろ、修練を積め。もっと危険度の低い場所で戦い慣れろ。スキルの中には技量や知恵を増やすことで目覚めるモノも多い」

さぁ、やれることはこんなにあるぞ。

「だからコモリ」

彼女の首に掛かった冒険者タグ。

それを持ち上げ、微笑《ほほえ》みかける。

「諦めるのはもったいねーよ。お前の『意地』は、誰よりもカッコよくてすごいんだからさ」

「っ、ジェイド、さぁん……！」

泣きつく彼女を優しく撫《な》でてやる。

やれやれ、泣いてばかりだな？

「ほれ、未来の凄腕《すごうで》冒険者コモリ。万年三級の俺なんかに縋《すが》っちゃダメだぞ？」

「だ、だって、こんなに優しくしてくれた人、初めてで……っ！」

「お人よし馬鹿なだけだよ。ほれほれ、三級菌が付く前に離れな」

そう言うと、コモリは「なんですかそれ～……！」と言いながら離れた。

目尻に涙は残ってるが、それでも笑顔だ。

強い子だ。

「保証するよ。お前はいつか大成できるさ」

「そ、そうですか？」

「あぁ絶対だ。信じろコモリ」

なにせ、最凶邪龍のお墨付きなんだからな？


【今回の登場人物】

俺：家が欲しい邪龍。ちょっと貯《た》まった建築資金をついついコモリに渡してしまう。
ヒヨコ：無賃乗車犯。
コモリ：「先輩さん、すごく優しくて……！」
銀髪姉妹：「「またあのお兄さんは――――ッ!?」」

第七話　バチクソ残念な友人と俺

「げっへっへっへ。よォ聞いたぜジェイド。最近オメェ、妙に稼いでるんだってなァ」

「げ」

ギルド脇の料亭で飲んでいた時のこと。

馴《な》れ馴《な》れしく肩に腕を回してくる金髪男が現れた。

「ぜひともルア様に一杯奢《おご》ってくれよ～。ダチだろ～？」

――俺の友人がうざすぎる。

このバチクソうざい男の名はルアといい、主に酒場に生息している二足歩行生物です。

「んぁ、ジェイド？」

身長140センチ程度と背丈はかなり小柄ですが、態度だけは無駄にデカくてアホみたいに変態です。

街の兵士さん曰《いわ》く、ダッチワイフにゴブリンを詰め込んで動くワイフにしようとしていた汚い作ってワクワク野郎がコイツです。

「おいジェイドー？」

クズでスケベでろくでなしですが、脳の容量がそこのヒヨコと同じなのかその自覚がまったくありません。

そのアホっぷりはみなさんご存じ、ＩＱ３の『トロール』に匹敵するでしょう。

「なぁって！」

きっと俺に払わせた酒のツケ代も一切覚えていないでしょう。

飼っててもサイフが痛まないヒヨコのほうがまだマシです。

「え、なんでお前ヒヨコ頭に飼ってるの？　それを見上げて、今度はオレ様を見て……あ、なんで溜《た》め息《いき》ついたんだよ!?　なんだその諦め顔は!?」

見た目は……ある事情からかなり整えていて、元々色白で若作りなことから『貴族の美少年』と紹介されても頷《うなず》けそうな感じですが、中身がアレすぎてまったくモテません。

バカでノリだけはいいから野郎連中の知り合いは多いようですが、女性陣からは総スカンです。

「おーい!?」

また下半身がよく暴走して娼館《しょうかん》でも無茶なプレイを要求するようなクソ客であり、結果そこらじゅうの娼館からどつき出されて出禁を食らってるアホのカスの極みでクチャラーで――、

「じぇ、ジェイドくーん？　なんかキミ、さっきから頭の中でめっちゃオレのこと馬鹿にしてない？」

「それが人生の終わってる生物、ルアです」

「って終わってねーよ!?　なに勝手にヒトのことを締めくくってんだよ!?」

ぎゃーぎゃーと喚《わめ》かれながら肩をゆすられる。

おいおいやめてくれよ。

ゴブリン詰まったワイフに腰振るヤツが友達とかマジで恥ずかしいんだからさぁ……。

「すみませんがルアさん、自分は用事がありますので」

「他人行儀な態度やめろぉ！　なぁ寂しいから構えよ親友〜!?　そして出来ればメシでも奢れ〜！」

ってやだよ。

俺は今マイホームを買うために貯金中なんだよ。

「ベタベタすんな。なんでお前なんかに奢らないといけないいんだよ」

「いや聞いてくれよォ。実はさぁ、『シャロン』に似合うドレスを買ってやったら今月厳しくなっちまってさぁ……」

ちなみにシャロンとはこの男のダッチワイフの名前である。

覚えるだけ脳細胞の無駄遣いだよな。

忘れたい。

「ルア……街の女性たちから嫌われ無双してるからって、人形に貢ぐのはマジでさぁ……」

「うるせーバーカッ！　オメェにオレ様の気持ちはわかんねーよアホーーーー！」

涙目でポカポカ叩《たた》かれるが痛くない。

俺が邪龍ボディな上、こいつはパワーがないからなぁ。

クソザコパンチやめてくださいよ。

「妙に女が寄ってくるオメェと違って、オレ様は初対面の子にも避けられるんだよォ！　この前だって、オドオドしてる新人っぽい子に話しかけたら『ぴぃーーー！』って叫ばれて逃げられてよぉ～～!?」

あーコモリちゃんか。

「そりゃ仕方ないだろ。だってお前、女の子と話す時の顔がいやらしいんだよ」

「いやらしいッ!?　オ、オレ様、流石《さすが》にそん時は親切心から話しかけただけだぞッ!?」

「それでもだよ。たぶん細胞レベルで変態なんじゃないか？　それで女を前にしたら勝手に顔がいやらしくなるんだよ」

「細胞レベルで変態ッッッ!?　ンだよそれどーしようもねぇじゃねえかッ!?」

俺は変態じゃなくて紳士だーーーーーッ！　と叫ぶルアくん。

いやそりゃないっすね。

「けっ、クソジェイドがよぉ。ちなみに言っとくが、別にシャロンに報酬全ツッパしてるわけじゃねーからな？　モテる匂いがしそうな香水とか色々買ってんだよォ」

「あぁ、またか」

そう。

このアホでスケベでクズで実はもう二十代も後半近くて実家から〝いい加減に身を固めたらどうだい？〟というお手紙をもらっては〝出来たらしてるわチクショーッ！〟と俺に愚痴りに来るこの男だが、美容にはめっちゃ気を遣っているのだ。

というのも、

「オレは絶対、『暗黒令嬢サラ様』をふり向かせてみせるからなぁ……！」

コイツは、ある人物に恋をしているのだ。

何やらその女に一目惚《ひとめぼ》れした瞬間に一念発起。

それからは内面通りに小汚かった風貌も徹底改善し、今もなおモテを追求しているとのこと。

うーん……努力は認めるんだけどさぁ……。

「ルア、その相手はやめておけって。絶対に無理っていうかさぁ……」

「はぁ～～!?　そりゃぁ確かにサラ様はみんなの憧れで別世界の存在だぜ!?　美しいだけでなく英知にも溢《あふ》れ、あの方がこの都市に齎《もたら》した数々の知識や発明品はオレらの生活を一変させた！　あの方が雑菌やらの存在を教えてくれなかったら、オレらは今ごろ糞尿《ふんにょう》を道に撒《ま》いたまんまで感染症になってただろうよ！」

だけどなぁっ！　と無駄に熱く叫ぶルアくん。

い、いや、俺が言いたいのはサラが遠い存在だから諦めろとかじゃなくて……。

「オレぁ全力で恋してるんだよ！　男たるもの、想《おも》いも何も伝えないまま終わるわけにはいかねぇよ！　わかったかー!?」

……うん。

これは説得するのは無理だな。

正直このままだとコイツ未婚で人生終わりそうなんだが、俺も別に結婚したことないけど今を幸せに生きてるしな。

そういうのも全然ありだろう。

「あぁわかった。すまないルア、俺が全面的に間違ってたよ」

「お、理解したようだなオレの愛を！」

「まぁな。そんなお前への謝罪と敬意を示すために、今日は好きな食べ物を頼んでいいぞ」

「ってマジか親友ーっ!?」

ヒャッホーッ男前ー！　と叫ぶルアくん。

うーんちょろい。

「ス、ステーキ！　ミノタウロスとかじゃなく、ガチの『牛』のステーキ頼んでいいかぁ!?」

「あぁ食え、おかわりもいいぞ」

この世界では『牛・豚・鶏・馬』の肉がかなり貴重だったりする。

なにせ魔物で溢れてるからな。

人類が生活圏として勝ち取った土地だろうが、それは危険が少なくなっただけで魔物が一切いなくなったわけじゃない。

んで、強力な魔物が牧畜地に一匹でも入っちまえばもう終わりってわけだ。

野生のヒヨコも食われてたしな。

「さ、流石にわりぃから半分コしてやるぜ……？」

「いや別にいいさ。俺はむしろ魔物肉のほうが好きだからな」

「あーそんなこと言ってたなぁ。動物肉と比べりゃクソ硬いだろうに、変わりもんがよぉ」

ん、そのへんは全然気にならないな。

なにせ俺は邪龍アゴの持ち主だからな。

魔物肉ほど引き締まってたほうが噛《か》み応《ごた》えいいし、あと家畜肉は前世でそれなりに味わってきたってのもある。

だから俺にとっては魔物肉のほうが味も新鮮でウマウマなんだよ。

「このお人よしめ、マジで頼んじまうぞ⁉」

「はよ頼めって」

……ここで再三確認してくるあたりがコイツとギリギリ友人出来てる点だな。

まぁ令嬢サラの件は諦めてほしいが、お前にはいつか誰かイイヤツが現れるさ。

頑張れよ。

「じゃあお言葉に甘えて。すんませーん、牛ステーキ十枚くださーい！」

「って払えるかそんなに！」

あとお前そんな食えねえだろ調子こくなよ!?


【今回の登場人物】

俺：マイホームが欲しい人。邪龍アゴの持ち主。変態な友人にはわりと厳しめ。
トロール：強靭《きょうじん》な肉体と〝ＩＱ３〟の頭脳を併せ持つ奇跡のアホ。引き合いに出された。
ルア：トロールと比較されたジェネリックアホ。苦労の末に『貴族の美少年』と喩《たと》えられる容姿を手にしたが、内面の汚さが全てを台無しにしている。
シャロン：右の奴《やつ》のダッチワイフ。忘れていい存在。ゴブリンの詰め込みに成功したかは謎。

この世界には『開拓都市』ってのがいくつもある。

世界の中心である『神聖領域』から輪を作るように、人類は外側に向かっていくつかの拠点群を作成し、そこを中心に魔物を掃討。土地を開拓。

ンで周囲があらかた平和になったら、さらに外側に拠点群を作って魔物を掃討して、土地を開拓
……ってのを繰り返してきたわけで、

「で、その拠点群ってのの最外縁が『開拓都市』と呼ばれるわけだな。人類の領域を囲う都市群。

魔物の進行を食い止め、逆に領土を奪い取ることが目的の場所だ」

以上、講義終わり。

わかったかなヒヨコくん？

『ピヨピヨピヨピヨピ～ヨピヨ？』

「なんて？」

……まぁどうせわかってないだろうな。

でも別にいいんだよ。

ただ人を待つのに時間潰してるだけだからな～。

「はぁ、遅いなぁ『時代の綺羅星』って連中は」

今日この都市にやってくる予定の冒険者パーティである。

ここ『開拓都市トリステイン』はかなり景気のいい土地だからな。

よその街から移住してくる連中が多いんだよ。

んでそういう奴《やつ》らのために近隣の狩場を案内する仕事があったので、受けてみたんだが……。

「こねーなぁ。かれこれ冒険者ギルドの隅で二時間近く待ってるってのに……」

『ピヨォ……』

ヒヨコさんも暇になったのかおねむのようだ。

俺もスキル《休眠《スリープ》》で立ち寝しちゃおうかなぁ。

「こりゃなんかトラブルでもあったか？」

そう思ってた時だ。

冒険者仲間のルアが「ケッ」と不機嫌そうに建物に入ってきた。

「ん、どうしたんだルア？　機嫌悪そうだな」

「おうジェイドじゃねーか。ッたく聞いてくれよ」

俺より頭三つは低い金髪頭をガジガジ掻《か》き、ルアは語りだす。

「実は新しいオナニー道具を探してたんだけどよ」

「すぴぃーすぴぃー」

「って寝るんじゃねェッ！」

クソザコパンチで起こされた。

いやすまんくだらなさが開幕ブッパしててな。

「それでなんだよオナック星人」

「なんだよオナック星人って。……おう、そんで露店巡りしてたらよ、いかにも『街に来たばかりですぅ』って感じの三人組冒険者パーティを見かけたんだよ。十代そこらの若い連中で、なんかギルドの場所を探してるっぽかったな」

「ほほう？」

三人組の若い冒険者パーティかぁ。

そりゃ奇遇だな。

俺が待ってる『時代の綺羅星』って連中もたしかそうらしい。

「そんでよぉ、オレって優しいじゃん？　穏やかに見せかけてわりと鬼畜ドSなオメェと違って」

「誰が鬼畜ドSだ」

「ジェイド」

殺すぞ。

「ひーッ睨《にら》んできた。ハイそういうとこだっつの！　論破論破！」

うぜぇ……。

「ともかく、そんなオメェと違ってルア様ってマジ天使じゃん？　童貞彼女ナシのまま30歳の誕生日を迎えた冒険者仲間のシロクサに女装で酌《しゃく》してやったくらい天使じゃん？」

「いやお前二度とあんな真似《まね》やめろよ」

下戸のお前は即酔いつぶれてたから知らないだろうが、あれからシロクサの脳みそ壊れちまったからな？

俺が連れ帰らなかったらお前どうなってたか。

「ッてシロクサの話はどうでもいいんだよ。ともかく優しいルア様は、例の冒険者連中に話しかけてやったわけよ。『どうしたんだいボウヤたち、このルアお兄さんに話してみな』ってな」

そしたらよォ～～～～～～と、ちっさい拳を震わせるルア。

おうそれで？

「そしたらあの野郎どもッ、ゲラゲラ笑いながら『フッ、子供が何か言ってますね』『おいおいボクちゃん、年上をからかうんじゃねーよ！』『ひ弱そうなお坊ちゃんが冒険者舐《な》めてんのかぁ？』ってオレを馬鹿にしてきやがったんだよッ！」

「あぁなるほどぉ……」

それはまぁそうなるわ……。

冒険者ってのは基本血の気が多くてガラが悪い。

それに加えてこのルア、こいつ見た目は十代も前半くらいにしか見えないからな。

だから余所《よそ》の冒険者に舐められて絡まれることも多いらしい。

「それでどうしたんだよ？」

「ボコったに決まってンだろ。二級冒険者最上位の『殴り魔術師ルア』様を舐めんなっての」

虚空より魔導書を中空に顕《あらわ》すルア。

彼が「シュシュシュッ」と口で効果音を言いながら拳を連打すると、ズパンッズパンッとシャレにならない空気の破裂音が響いた。

この男、魔術系スキルの中でも特異な《強化術式《エンハンス・スペル》》の使い手であるのだ。

「素だとクソザコパンチなのにな。で、見事に例の冒険者たちはお前の見た目と細腕に騙《だま》されたわけだ」

「おォよ。おのぼりさんたちに鉄拳教育してやったぜ！　冒険者歴十年のベテラン舐めんなってなァ！」

「そりゃご愁傷さまだな」

別に咎《とが》めたりはしない。

冒険者同士の揉《も》め事《ごと》解決は拳が基本だからな。

前世の平和主義を無理やり押し付けるような真似はしないさ。

「フゥ、なんか愚痴ったら気分晴れたぜ。サンキュー親友」

「いいってことよ」

「んでオメェはギルドの隅で何してたんだよ？　オナニーか？」

するかボケ。

「俺はただ人を待ってたんだよ。『時代の綺羅星』って冒険者パーティで、そいつらへの狩場紹介依頼を受けてだなぁ」

その時だった。

ギルド職員のミスティカさんが、「もし」と無機質な声で話しかけてきた。

「ん、どうしたんですミスティカさん？」

「ジェイド氏に緊急のご通達があります。貴方様《アナタさま》がお待ちしている『時代の綺羅星』についてですが」

ん、んん？　例のやつらがどうしたって？

「どうやら彼ら、道中で何者かと喧嘩《けんか》をしたらしく」

「「え」」

「三人とも治療院送りとなったそうです」

「「……」」

俺は無言で隣の友人を見た。

さっと目をそらすルア。

おいこらコッチ向けや。

「そ、それじゃあ依頼は？」

「当然中止となりますね。本日はお疲れさまでした」

「マジか～……！」

俺の二時間は結局、無意味な待ちぼうけに終わったのだった。

マジで寝てりゃよかったよチクショウッ！


【今回の登場人物】

俺：本名が恥ずかしい人。依頼相手待ちだった。
ヒヨコ：名前がずっとヒヨコな子。眠かった。
ルア：本名が恥ずかしい邪龍の友人。実はけっこう腕っぷしはすごい。新人ボコった。
『時代の綺羅星』：ボコられた。
ミスティカさん：人形のような事務的受付嬢。なのに絶大な人気がある。

【番外】
シロクサさん：30歳。ジェイドとルアの冒険者仲間。童貞で迎えた三十路《みそじ》の夜、脳と性癖がぶっ壊れたらしい。

第九話◇女装孕ませ抜刀斎と俺

「いやぁ、大自然は清々《すがすが》しいな～」

はいやってきました『魔の森』。

開拓都市の近くにある森で、まだまだ魔物がウジャウジャいるため危険地帯とされている場所です。

しかし、そこを仕事場にするのが冒険者という生き物。

ビビってちゃぁ仕事なんて出来ませんわ。

「はい。というわけで今日受けた依頼は『大量発生したチャージボアの無制限狩猟』。とにかく狩りまくってこいという依頼で、俺は自然を楽しみながら清々しくやるつもりだったのですが」

ちら、と脇の茂みを見る。

そこからは袴《はかま》に包まれた丸いケツが飛び出していた。

近づいてみると……、

「――うぅ、すまぬでござるなぁビェル先生著『女装ショタっ子☆魔物凌辱《りょうじょく》孕ませシリーズ』……！　厳格なる男で通している拙者がこんな春本《しゅんぽん》を持ってると知れたら街の笑い者になってしまうのだ。ゆえにおぬしたちはここに置いておくぞッ、さらば！」

「って変なもん置いてくんじゃねえ」

不審者のケツに邪龍キック。

男は「ぐえーーーッ!?」と鳴きながらどっかそのへんに転がっていった。

南無。

「よし、じゃあこのおぞましい本の束には火をつけてと」

「ってやめろぉー!?」

お、ローリング不審者が猛ダッシュで戻ってきた。

流石《さすが》の身体能力と言うべきだな。

「よぉシロクサ、なんかすごい場面に出くわしちゃったな」

「クッ……恥辱でござる恥辱でござる!」

涙目でこちらを睨《にら》む不審者。

この男の名はシロクサ。

俺やルアの冒険者仲間で、基本的には真面目でイイやつだ。

またある事情から俺はコイツに親近感を覚えてたりもする。

「ジェイド殿……まさか春本を捨てているところを友のおぬしに見られるとはな。この恥辱、もはや腹を切るしかあるまいッ!」

「いや死因が〝エロ本捨ててるとこ見られて切腹〟とかやめろよ。流れる侍の血が泣くぞ?」

そう。

この男はかつて存在した極東の血を引く者だったりする。

腰にもわかりやすく刀を差してるしな。

「てかエロ本にしても女装ショタ孕ませ凌辱とかエグすぎるだろ。燃やせよこんなの。拾ったやつが泡ふくぞ」

「うぅむ……拙者もそう思ったのだがな。されどこの本にお世話になった日々を思えば、灰にするのも忍びないというか」

「忍べよ。これ完全に特級呪物だろ」

マジでやめろよ。

この森には新米のエイジくんたちとか妹分のニーシャとクーシャみたいな若い冒険者も来るんだからよぉ。

万が一性癖が壊れたらどうするんだよ。

「つーわけでほい、この罪の象徴は持ち帰りなさい。原罪背負って生きていけ？」

「フッ……成る程。〝縁《えにし》〟というものは早々断ち切れないというわけか」

「いや女装凌辱本かかえて何キメ顔してんだよお前は……」

この通り、基本的に真面目だがちょっと残念な面もあるのがシロクサという男だ。

「ところでなんで頭にヒヨコ飼ってるでござるか？　か、可愛《かわい》いから、撫《な》でても？」

『ピヨピヨピヨピヨピーヨピヨッ！』

「ひぁ!?　めっちゃ拒否られたでござるぅ……」

なおコイツもコイツで容姿《ツラ》は整っている模様。

極東の血が色濃く出ており、涼しい眼差《まなざ》しにポニテ姿はまさに『若侍』という感じだ。

あるいは高校剣道部のモテモテ主将だな。

残念なやつほどツラはいいのか？

「……とてもじゃないけどお前、30歳を童貞彼女ナシで迎えたオッサンには見えないよなぁ」

「むッ、それを言うな。これでも拙者、おなごをげっとするべく頑張ってきたでござるぞ……!?」

「知ってるよ」

ルアと同じく、この男とも十年近い付き合いになる仲だ。

その苦労の道のりは知っていた。

「まずツラはいいからなぁお前。モテないどころか女の子のほうから声がかかってくるくらいだけど……でも、異性を前にすると固まっちゃうんだよなぁ？」

「う、うむ……！」

「それで俺が仲介して色んな女の子と会話の練習してみたけど、結局プルプルしたまま終わっちゃったんだよなぁ？」

「うむむむ……！」

……とにかくシロクサはこんなヤツだ。

侍らしく普段はクールで男らしいのだが、女性を相手にすると極度の上がり症になってしまうのだ。

「色々あったよなぁ。ルア提案『娼館《しょうかん》で自信をつけよう作戦』では顔はガチガチ下半身ふにゃふにゃで終わったり」

「うぅ……!?」

「顔を合わさない文通でもガチガチ、女の子の人形相手でもプルプル」

「うぅーうぅー!?」

「それで先日、ついにお前は女性と一切会話をしないまま30歳の誕生日を迎えて」

そこで事件は起きた。

「お前ってば、ネタで女装してきたルア相手に下半身が抜刀しちゃったんだよなぁ?」

「うがあああああああッ!?　やめろそれを言うなこの野郎めッ！　拙者だってこの新しい性癖と向き合いきれてないのでござるぞ!?」

顔を真っ赤にするシロクサさん。

いやでもお前すっかりその手のエロ本揃《そろ》えてるじゃん。

完全に性癖の扉開き切ってるじゃん。

女装孕ませ抜刀斎じゃん。

もう終わりだよ。

「まぁ頑張れよ、生物学上ラストサムライ」

「ってジェイド貴様好き勝手言ってくれるでござるなぁ!? よし決めた。拙者、ジェイド殿に辱《はずかし》めを受けたと遺書に書いて散るでござるッ！」

は、はぁあああーーー!?

「おまっ、自爆テロやめろぉ!?」

「うるせー！ ではこれにて御免ッ！」

「おい待て御免すんじゃねぇ！」

やめろやめろマジで遺書を書くな刀抜いて腹を切ろうとするな！

お前ほんとツラだけはいいんだから、街の腐ったご婦人方がハッスルするような散り方やめろぉーーー!?


【今回の登場人物】

シロクサ：女装孕ませ抜刀斎。30歳の誕生日、友人の悪ふざけで脳みそ壊れたアレな人。まだ真面目な性格は残ってるが、時間の問題かもしれない。その時は死なせてやろうとジェイドは思ってる。

第十話 ◇ 猪と姉妹の眼光と俺

「ではジェイド殿、ばいばいでござる～！」

「おーう」

ぷんすか怒っていたシロクサだが、ヒヨコを撫《な》でさせてやったらニチョニチョ笑顔になった。

アイツちいさくて可愛《かわい》いもの好きなんだよなぁ。

「また和食を共に作ろうぞ～」

「わかったよ。次にお前んち行くまでにエロ本どうにかしておけよー？」

「うぬ～!?」

奇声を上げながら街に帰るシロクサ。

さて。

俺のほうは引き続き『チャージボア』討伐任務といきますか。

「おーーーい出てこいクソ猪《いのしし》ーー！」

『プギャァーッ！』

「うわマジで出てきたチャージボア!?」

今回の獲物登場だ。

しかも三匹セットでやってきた。

呼んだら来るってそんなに森中に繁殖してるのかよ？

「理由はなんだろ？　とにかくスキル発動《鑑定《アナライズ》》っと」

対象名：『突猪《とっちょ》チャージボア』
種族能力：【頑強】（頭部限定。耐久力に強力な補正）
個体能力：【なし】
ホモサピエンスを優先して害する魔物の一種。
大型の猪に似た姿をしている。
硬く巨大な頭蓋骨に短距離疾走を極めた筋肉の質を併せ持ち、とにかく『正面突破』に特化した生態が特徴。
ただし正面以外からの攻撃には弱いため、『冒険者ギルド』より危険度判定Cとされている。

「あーなるほどなるほど。上位冒険者でも突進食らうとやばいって噂《うわさ》なんだよなぁ」

そんな相手が目の前に三匹だ。

こいつらはあんまりつるむ生態はしてなかったはずだが、それくらい大量発生してるってことか。

その理由は知らんが、俺たち冒険者のやることは一つだろ。

「駆除してやる。街の連中に迷惑がかかる前にな」

よしやるか。

指を鳴らしてスキル発動、《収納空間《アイテムボックス》》解放。

俺は手元に骸骨製の巨大ハンマーを呼び出した。

『プガッ!?』

「わかるか？　お前らの頭蓋骨から作ったハンマーだよ」

チャージボアのハンマーだから、名称は『チャーハン』だ。

ちなみにステータスはこんなところ。

・『チャーハン』　レア度：2　種別：ハンマー　重量：40キロ　製作者：ジェイド
物理攻撃力：500
属性攻撃力：0
耐久度：100%
特殊能力【頑強】
突撃獣『チャージボア』の異様発達した頭蓋骨からなる巨大ハンマー。
ひたすらに硬く欠けもしないその骨密度は、武器と化してもなお健在である。
なお使用には重量相応の筋力が問われる。

『プギュガァアアアーーーッ！』

「さぁこいこい」

怒りの突進をかます猪たち。

その対処法は簡単だ。

「まずはホイッと」

衝突寸前、そいつらを飛び越すくらいジャンプして、

「ほんでドーンッと！」

手にしたハンマーを叩《たた》き付ける！

『プガッ……!?』

ほい、これでいっちょ上がりだな。

スキル《鑑定《アナライズ》》にある通り、こいつらは頭蓋骨以外弱い。

ゆえに背中にハンマー叩き付ければ背骨ぼっきりで戦闘不能ってわけだ。

「ヒヨコくん、お前もカラスとかにいじめられた時には目とか弱点突くんだぞ？」

『ピヨピヨピヨピヨピヨピ～ヨピヨ！』

「なんて？」

よくわからんし戦闘に戻るか。

さて、あと二体もサクッと片付けよう。

としたところで、

「消えろッ！」

瞬間、茂みから放たれた水弾と炎弾がボア二体を吹き飛ばした。

って、この攻撃は……。

「こんにちはだよー。お兄さん」

「こんなところで奇遇ですね～」

もぞもぞと動く茂み。

あっ、そこから野生のニーシャとクーシャが飛び出してきた。

どうする？　↓挨拶。

「よぉニーシャにクーシャ。なんでこんなところにいるんだよ？　まさか俺についてきてくれたとか？」

「「は、はぁ～～～～～～～？」」

声を揃《そろ》える銀髪ロリ姉妹。

相変わらず仲がよさそうだなぁ。

「勘違いしないでよねお兄さん？　私たちもたまたまチャージボアの狩猟依頼を受けただけなんだから」

「そうですよ。それともまさかお兄さん、二級冒険者の私たちがわざわざアナタなんかについてきたと思ってるんですか？」

「「自意識過剰～」」とニヤニヤクスクス笑うお二人。

うーんそうだよなぁ。

やっぱりたまたまだよなぁ。

「ごめんごめん。この手の任務受けると三回に一回は二人と一緒になるから、まさかなと思っちまったよ。俺ってば恥ずかしいヤツだなぁ」

「「ほ、ほんとにねー！」」

ははは、二人の言う通り自意識過剰だな。

「ごめんごめん……って、あれ？」

とそこで。

ふと、懐が軽くなっていることに気付いた。

たしか服の下にはすぐ飲めるように水筒を入れてて……あ!?

「なんだこりゃ!?　なんか水筒の中身がカラになってるんだけど!?」

あ、穴も開いてないのにどういうことだぁ？

たしかに宿を出る時、たっぷりと水を入れてきたはずなんだが……。

「あれあれぇ、どうしたのお兄さん？」

「まさかお水を入れ忘れたんですぅ？」

妹同然の二人にニヤニヤクスクスと笑われてしまう。

とほほ……また保護者として情けないところを見せちまったぜ。

「おっちょこちょいなお兄さんだなぁ。――仕方ないから、私たちの飲み物を分けてあげるよ」

「戦闘任務に水分不足は致命的ですからね。――アイスティーですけど、いいですか？」

おー助かる助かる。

カラの水筒にさっそく入れてもらい、一杯ぐびりと飲ませてもらう。

「んぐっ……おぉ美味《おい》しいなぁこれ！　んぐっ、んぐ……！」

「「じーーーー……！」」

ん、なんか二人の視線が鋭いような？

ああ、もしかしてこれ、二人が作った自家製か？

ニーシャもクーシャも年頃の女の子だからなぁ。

料理の腕前とかそういうのが気になるお年頃だろ。

ここは期待に応えて褒めておくぜ。

「ありがとう二人とも、すごく美味しいよ」

「いや既製品だし味はどうでもいいんだけど」「それよりお兄さん、眠気とかは？」

は？　眠気？

「そんなの別にないが……」

「「チッッ！」」

ってすごいデカい舌打ちされた⁉

え、俺ってばなんか対応ミスった⁉

「な、なんかごめんねー……？」

「まったくだよ。お兄さんってば万年三級のくせに身体《からだ》だけは強くてさぁ！」「そうですよ、おかげで毎回私たちがどれだけ苦労しているか！」

な、なんだか身体が丈夫なことを咎《とが》められてしまった。

うーん年頃の女の子の気持ちはわからん。

へボい兄貴分はそれらしく、しなっとしてろってことか？

無駄にハイスペックな邪龍ボディじゃ無理っぽい気がするけどなぁ。

「ご、ごめんな二人とも。今度頑張って風邪とか引いてみるよ」

「「それは駄目」」

ってなんだよ⁉　わけわかんねーよ⁉

「一体俺にどうしろと……」

そうして姉妹に振り回されていた時だ。

ドドドドドッと地面が揺れるや、周囲の茂みから肉塊どもが飛び出してきた。

『プガァアアアアアーーーーーーッ！』

「うおっ、チャージボアの大群だ!?」

その数たるや十四以上。

どいつも怒り狂ってる様子から、仲間がやられたのを感じ取って集まった感じか。

「正面戦闘は避けたほうがよさそうだな。というわけで、よっと」

「「うわっ!?」」

ハンマーを異空間にしまうと、空いた両手で姉妹を抱えて大木にダッシュ。

大きく跳ねて木の中腹まで飛びかかると、さらに木を蹴って斜め上に跳躍。

三角飛びで太枝の上に着地した。

「うわぁ……流石《さすが》は『無駄に力持ちのジェイド』と呼ばれるお兄さん。私たち二人抱えてその動きとか、やっぱり三級クラスじゃないよねぇ？」

「ボアも軽く捻《ひね》ってましたしねぇ」

って戦ってる時から見てたんかい。

「ぶっちゃけ二級くらいにはなれるよね？」「昇級試験受けないんです？」

「まぁおいおいな」

テキトーにはぐらかしておく。

これは……あくまで俺の答えだけどな。

世の中、能力を全力アピールすりゃいいってもんじゃないんだよ。

〝自分は『コレ』くらい出来る人間です〟って立場やら仕事ぶりで表すとな、世間はその『コレ』っていうのを求めてくるんだよ。

んで、その『コレ』ってのが自分の限界パワーだった場合はもう最悪だ。

常に全力を尽くしたら当然疲れ果てる。

その果てに待つのは挫折か過労死だ（一敗）。

かといって、全力を見せてから手を抜いたら、〝アイツは真面目にやってない〟という評価を受けてしまうわけだ。

だからこそ……ほどほどくらいが一番なんだと思う。

仕事が楽しいと感じられて、なおかつ終わった後に遊ぶ体力が残るくらいがな。

「どうにも枯れちまってるなぁ。あんまり出世欲ってモンが湧かないんだよ。まぁでも」

「「でも？」」

枯れてる俺だが、全力を出す時は決めている。

「顔見知りとか、何より妹分なお前たちとかさ。そういう『大事なヤツ』が危ない時は、俺も本気で暴れるからな？」

「「大事なヤツ!?」」

と、その時だ。

足場にしていた木が激しく揺れた。

「おっと」

下を見れば、チャージボアたちが次々と突進をかましていた。

『プギギャアアアアアーーーーーッ!』

「こりゃいつまでも喋《しゃべ》ってられないな。上から手早く仕留めてやろう」

よぉし、妹分たちに俺特製のカッコいい武器を見せてやるぜ。

「ふっふっふ、見てろよ二人とも。先日作った『トトロの魔弓』に加え、ローパーの触手から作ったゴムでジャンボラットの大前歯を打ち出すパチンコ『ロパジャンボ』で猪どもをバシバシとだなぁ」

「行こうクーシャ!」「やりましょうニーシャ!」

「って二人ともぉ!?」

俺が武器を出すのも待たずに飛び降りてしまう二人。

ってなんかすごくハイテンションじゃん!

なんかイイことあったー!?

「「一撃で仕留めてやるッ!」」

彼女たちは短杖《たんじょう》を取り出すと、空中で同時にスキルを発動させた。

「魔術《マギア》スキル《火炎術式《レッド・スペル》》発動! ファイアーロアッ!」

「魔術《マギア》スキル《流水術式《ブルー・スペル》》発動！　スプラッシュロアッ！」

ボアたちに降り注ぐ火炎と激流。

相反する二つの属性魔術だが、しかして打ち消しあうようなことにはならない。

勢いと温度が完璧に調整されたそれらは、地上で激しく激突すると、

「「弾《バースト》けろッ！」」

瞬間、『水蒸気爆発』が巻き起こる！

『プガァアアアアアアーーーッ!?』

結果、無数のボアたちは一気に爆散。

一瞬で片を付けるのだった。

「ふふーん。どうよお兄さん、二級冒険者な私たちの実力は？」

「お兄さんがちょっと強かったりしても、もう私たちには敵《かな》わないですよねー？」

――「「だから、いつまでも子供扱いしないでよねっ！」」とウィンクを飛ばしてくる双子姫様。

「はぁ、すっかり大きくなりやがって……」

ああまったく。

二人とも本当に立派になったもんだよ。

こりゃ過保護に扱いすぎるのもいい加減に失礼かもなぁ。

「あ」

とそこで。

俺の邪龍アイは超遠方の空から迫る赤い影を捉えた。

デカい赤龍だな。

成体の龍種な時点で脅威度A以上ってとこか。

「「お兄さんどうしたの〜?」」

「いや別にー」

もしニーシャとクーシャがかち合ったら死ぬ相手だな。

よし。

「『ロパジャンボ』ずばーん」

姉妹が瞬《まばた》きした一瞬の隙に、邪龍パワーでネズミの前歯を音速射出。

龍のどてっ腹に穴を開けて抹殺したのだった。

うーん過保護が抜けない。

「すまん二人とも、やっぱしばらくは保護者でいさせてくれるか?」

「「えぇ〜?」」

二人ともすごく嫌そうな模様。

ごめんねー?

【今回の登場人物】

俺：本名がアレな邪龍。基本的に鈍感。
シロクサ：ヒヨコ撫でられて満足！　基本的にパー。
ヒヨコ：撫でられて恐怖！！！！　基本的に豆くってる。
猪：今回の被害者。基本的に泥浴びが好き。
銀髪姉妹：　犯　罪　者　。基本的にお兄さん大好き大好き大好き大好き！

第十一話◇メガネくんVS俺

「ヒヨコくん、『時代の綺羅星《きらぼし》』って連中を覚えてるか？」

『ピヨ？』


別の街からやってきた冒険者パーティだよ。

俺が狩場の案内依頼を受けていた連中だ。

まぁその道中でルアにボコられて治療院送りになったんだけどな。

「そいつらが早くも復帰したから、改めて案内依頼を受けたわけだけど……」

「──アナタッ、なぜヒヨコと会話してるのですッ!?」

冒険者ギルドのカウンター前にて。

俺は例の冒険者パーティ『時代の綺羅星』に怒鳴られていた。

ルアが言った通りかなり若い三人組だな。

「あぁすまん。それでなんだっけ？」

「ですから、案内役をアナタから代えてほしいという話ですよッ！」

ギラァンッ！　と眼鏡を輝かせる冒険者一号くん。

どうやら彼がリーダーらしい。

冒険者にしては知的さを感じる珍しい類だ。

まぁヒステリックっぽくもあるが。

「ルア……さんに〆《しめ》られてから『情報屋』を頼りましてね。この街の有名冒険者はあらかた教えていただきましたよ」

「お、いい判断だな。手を出しちゃいけない奴《やつ》はいるからな」

『1秒に10回「幼女」と言える聖女アネモネ』とか。

『盗んだパンツ食べすぎて胃が破裂した怪盗ロダン』とかな。

「フン。そこでアナタですよアナタ。『お人よしのジェイド』さん？」

「俺？」

なんだよなんだよ？

「アナタも有名枠らしいですが、ルアさんのように『強い』という意味で有名ではないそうで」

フッと笑われ、呆《あき》れと侮蔑の目で見られる。

……あぁうん。

どんな情報を渡されたか想像ついたよ。

「アナタ、『万年三級ソロ冒険者ジェイド』とも呼ばれてるそうですねぇ？　十年も冒険者をやっているのに、まったくパッとしないとか！」

「……まったくってことはないと思うが」

冒険者には六つの階級がある。

最初は五級。

誰もがここからスタートだ。

次に四級。

いくつか依頼をこなして最低限の実力アリと認められればなれる。

で、その次が三級。

四級の中でもさらに実力が認められた者がなれる立場だな。

そっから上は、天才だけの領域だ。

「なぁメガネくんよ。三級の上は二級と一級と、あとは国から人間兵器と認められた数人の『特級』だけだろ？　だから中堅どころだとは思うんだが」

「ハッ、何が中堅ですか。二級未満の冒険者など全員落ちこぼれでしょうッ！」

『ッツ……』

あっ……ギルドの空気がピリついた。

「メ、メガネくーん。俺は気にしないけど、今の発言はちょっとダメだぞぉ～？」

我《われ》関せずとこっちを見ていた冒険者たちが、一斉に睨《にら》んできちゃったぞぉ～……？

「あのなぁ……たしかに世間じゃ二級以上こそ『上級冒険者』と呼ばれてるよな。そこに至れるのは一握りだ」

「私たちもそこに至る予定ですがッ!?」

「あぁうんその志は立派だよ。でもな、だからってその高みに登れなかった連中を『全員落ちこぼれ』呼ばわりはマジでやめとけって」

上級に至れる者は一握りだ。

つまり、逆に言えば『圧倒的多数《ほとんど》』の冒険者は中堅以下ってことになる。

そいつら全員にメガネくんは侮蔑の言葉を吐いちまったってことだぞ?

「なぁ落ち着けよ。もうわかってると思うが、有力冒険者に喧嘩《けんか》を売るのはダメだ。だが『たくさんの相手』に喧嘩売るのはそれよりもっとダメだ。誰が誰と繋《つな》がってるかわかったもんじゃ……」

「雑魚の繋がりなど知ったことではないッ!」

俺の言葉を断ち切ってメガネくんは叫ぶ。

仲間の二人も「そうだ!」「まとめてかかってこいッ!」と続けて吠《ほ》えた。

ってこいつら無鉄砲すぎだろ~?

「フン。私たち『時代の綺羅星』はいずれ最強に至る冒険者パーティ。まだ登録から三か月ですが、とっくに三級にも到達しています」

「うわすご」

若くてそれなら調子もこくか。

「そうでしょう!? そして何よりリーダーたる私は、生まれながらに三つのスキルを持ち、さらに四つのスキルを発現した選ばれし存在なのですッ!」

「うわすごー」

いやマジですごいなぁ。

この世界において〝人がスキルを宿す条件〟ってのにはある程度の答えが出ている。

それはぶっちゃけ、『心身にどんな適性があるか』だ。

スキル《鑑定《アナライズ》》に目覚めるやつは最初から目が良くて知的好奇心に優れたり、スキル《収納空間《アイテムボックス》》に目覚めるやつは最初から身体《からだ》が大きくて腕力が高く運搬能力に優れたり、スキル《消臭《デオドラ》》やスキル《消毒《デトックス》》に目覚めるやつは潔癖で衛生知識に優れたりと。

要するにスキルとは、その者の『才覚』の結晶なのだ。

「私の有能さは神に証明されている。反論の余地がありますか?」

「いやないよ」

無能な人間が突然最強スキルに目覚めて無双、なんてことはありえず。

「出来るやつは出来るんだよなぁ」

生まれや育ちで普通に『何か』を為《な》せる有能《ヤツ》が、時間と手間を圧縮してその『何か』を普通にやっているだけの物理現象。

それがスキルの正体だからな。

血も涙もない。

「……人類にスキルを与えた『女神ソフィア』とやらはたぶん冷酷で考えなしだよなぁ。ヒトの才能が可視化されるようになったせいで調子こくヤツも多くて、特にメンツ第一の貴族家や武家じゃ『目覚めたスキルの数と種類』でお家問題が」

「黙りなさい……ッ！」

っと、本気の怒りが籠った声で遮られた。

なにか地雷でも踏んじまったか？

悪かったな話題変えるよ。

「ま、何はともあれ認めるよ。合計七つもスキルを持つのがマジなら、メガネくんは滅多にいない天才だ」

「フンッ、そうでしょう。……ちなみにアナタも『無駄にスキルが多いジェイド』と呼ばれるほどスキルだけはあるそうですがね？」

「あぁ、五つあるよ」

嘘《うそ》である。

邪龍として無駄スペックな肉体を持つ俺は、細胞の人化に成功した時点で二十七個ものスキルに目覚めた。

もちろんそいつは秘密だがな。

「内訳を聞いても？」

「切り札だから全部は教えられないぞ。まぁ《鑑定》《アナライズ》と《収納空間》《アイテムボックス》はよく使うから、この二つは教えておくが」

「ハハッ、ゴミスキルですね」

『ッ！』

あっ、あ――――――――――――――っ!?

おまっ、メガネくんアカンカンカンッ！

人のスキル馬鹿にするのはマジのガチでアカンてッ!?

それも冒険者ギルドのド真ん中とかマズいてホンマ！

「……さっきから何だよあのメガネ……？」

「……オレも《鑑定》《アナライズ》持ちなんだが……!?」

「……オレは《収納空間》《アイテムボックス》使いだ。ツラは覚えたからなァ……！」

うッわー、周囲の殺気がマックスだー!?

「ちょちょちょ、メガネくん……!?　さっきの話聞いてた!?　スキルってのはその人の才能そのものなんだよ！　それを馬鹿にするってことはお前、その人の全部を否定するようなものでだなあ……！」

「だって事実でしょう？　スキル《鑑定》《アナライズ》なんて戦闘においては役立たずだ。敵モンスターの情報なんて、事前に勉強しておけばいい」

「いやあの」

「そして《収納空間《アイテムボックス》》はもっと酷《ひど》い！　無生物ならいくらでも仕舞《しま》えると思いきや、収めた物品の『総重圧』を身体に受けてしまうときた！　つまり持てる分だけしか収納できないんですから無意味ですよ無意味。そんなスキルがなくとも、籠《かご》でも背負ってモノを詰めればいいだけだ」

「……」

つらつらとスキルを否定していくメガネくん。

いや〜……俺は別に怒らないんだけどね。

でもさぁ。

周囲がさぁ……。

『ぶっ殺してやる……ッ！』

その二つのスキルの持ち主っぽい人たちが、すんごい威圧をかけてるんだけど……!?

「お前さぁ……」

世界には一つしかスキルを持たない者も多くいる。

で、その唯一が《鑑定《アナライズ》》か《収納空間《アイテムボックス》》のヤツだっているだろうに。

そんな連中の殺意に気付かない？

いや気付いて言ってんのか？

「メガネくん謝っとけって……。俺は別にいいから周囲の人たちに……」

「二級以上の方はうるさくしてすみません。三級以下の方は……フハッ。無能さを噛《か》み締めてくださいね？」

あ、終わった。

……これもう俺が〝やる〟しかないのか……？


「さて、話は終わりです。以上の証明をもって、我ら『時代の綺羅星』は冒険者ジェイドを無能と判断！　狩場案内役の変更を要求します！」

受付嬢、如何《いか》に!?　とカウンターのほうを見るメガネくん。

そこにはギルド受付のミスティカさんが、いつもと変わらず無表情で書類を書いていた。

「さぁ返答を！」

「却下します」

そして、にべもなく一言。

前も向かずに要求を蹴った。

「はッ、はぁ!?　なぜ!?」

「規則だからです。ジェイド氏が案内役となったのは、当ギルドが彼の知識と経験と温厚さを見込んで選出したからです。勝手な変更は認められません」

「私が不満と言ってもかッ!?」

「規則だからです。ご対応は以上となりますありがとうございました」

「!?!?!?」

……う、うっわぁ。

相変わらずの事務っぷりだなぁミスティカさん。

もう色々と突き抜けすぎて、妙なファンを量産するだけあるわ……。

なお、事務対応の極みを受けたメガネくんのほうは堪《たま》ったもんじゃないようだ。

「ッ、この!」

そして、

「話のわからないクソ女がッ!」

ついにアイツ——ミスティカを罵倒した上、彼女の座る受付台を蹴りやがった。

衝撃で彼女の書いていた書類が何枚も散った。

ああ……こりゃ駄目だな。

「ハッ。最も盛んな開拓都市だと聞いてやってきたが、人材教育はまるでなってないようだな。無能な冒険者に無礼で可愛《かわい》げのない受付嬢とは、やれやれまったく本当にッ」

「ジェイド氏」

喚《わめ》く男を無視し、ミスティカが俺を見上げる。

「貴方《アナタ》、傷付けられていますよ？」

「そうだな」

それは別にどうでもいいさ。

俺はプライドとかあんまないからな。

でも。

「他の冒険者の方々と」

うん。

「私まで、酷い扱いを受けました。だから」

ああ。

「怒ってくれます？」

「もう怒ってるよ」

というわけで。

「メガネくん」

「はい？」

「少し黙れ」

メガネくんが瞬《まばた》きした瞬間に接近。

その腹に拳を突き出した。

彼は回転しながら吹き飛んでいった。

「げぼガァッ!?」

壁に叩《たた》き付けられるメガネくん。

ちゃんと意識があるようだ。

じゃあ言うぞ。

「俺のことはいいんだよ。わりと適当に生きてるからさ。意識高いヤツに馬鹿にされても、まぁしょうがないかなって感じだし。でもさ」

次。

呆然《ぼうぜん》とする右の取り巻きの肩を摑《つか》む。

「えっ」

と戸惑う彼。

それを無視して力を入れた。

彼は床へと埋まり込んだ。

「ぎゃあああーーーーッ!?」

「知り合いとかを馬鹿にされるのは、流石《さすが》にちょっと駄目かなって」

次。

左の取り巻きの顎を摑むと、「じ、自分は何も言ってないぞ!?」と喚いた。

「自分は無関係でッ」

「うるせえよ」

そのまま上にブン投げる。

彼は天井に頭が埋まって悶絶《もんぜつ》した。

「ッッッ〜〜〜!?!?!?!?!?!」

「よし」

これでメガネくんと一対一だな。

「なぁ」

「うっ!?」

一歩歩み寄ると彼は怯《ひる》んだ。

もう一歩、もう二歩と近寄ると、そのたびに彼は大きく震えた。

ははは。

「面白いな、お前」

「ッ〜〜〜!?」

あぁしまった。

今のは少し失礼だった。

メガネくん、また怒ってこちらを睨んできたよ。

まぁやることは変わらんがな。

「俺はよく『お人よし』って呼ばれるよ。平和な日本《ところ》で育ったからだし、俺自身もそうありたいと努めてるからかな。だけどさ……怒るべき時に怒らないのは、それはただの『腑抜《ふぬ》け』だろ？」

だからやる時はやらないとな。

「構えろよ」

「ッ!?」

「俺は案内役だからな。今からお前を、教育的にブン殴る」

ギルドの仕事は投げ出さない。

こいつを導くのが俺の仕事だ。

「きょ、教育的に、ブン殴るって……!?」

「で、だ。お前は俺相手じゃ不満なんだろう？　だったら拳で抵抗しろよ。それが冒険者の流儀だろ」

不満があったら即ファイト。

そんな殺伐でカラッとした職業が冒険者ってもんだろ。

「だから構えろ」

「ぐぅ……お前……ッ！」

「早く構えろって」

「ぉッ……お前ッ、後悔するぞ!? 私には、特別な繋がりがいくつもあってだなぁッ!?」

と、何やらメガネくんが騒ぎ出した。

いやなんだよ。

「わ、私はッ、かの『アンタレス家』のっ！」

彼が喚き始めた時だ。

ふいにギルドの入り口から「何やってんだァ～?」とアホみたいな声が響いてきた。

その声は……、

「おぉジェイドじゃねーか。金貸してくれ～、ってなんだこの状況!? 床と天井から人間生えてるぞ!? 建物が出産した!?」

「よぉルア」

そこに現れたのは悪友のルアだった。

どうやら遠征任務から帰ってきたのだろう。

小さな背丈の背後には、彼の率いる冒険者パーティ『英雄の夢』の屈強たる男たちが立ち並んでいた。

「ヒッ!? 『剛拳のルア』……!?」

「んぁ、この前ボコッたメガネじゃねーか。何してんだオメェ?」

なおメガネくんのほうはビクビクな模様。

なにせつい先日に治療院送りにされた相手だからな。

さらに。

「――何の騒ぎだ、騒々しい」

凛《りん》と鋭い声が響く。

その者の登場に、メガネくんはさらに震えた。

「む、ジェイド殿ではござらぬか。〝あの本〟の件だが、秘密にしてくれるなら拙者なんでも、ってなんでござるかこの状況!?　床と天井から人間生えてるぞ!?　建物が出産した!?」

「よぉシロクサ」

次に現れたのは古い馴染《なじ》みのシロクサだ。

「てかなんでルアと同じ物件レビューしてんだよ」

「あ、ルア殿いる……っ」

「恥ずかしがって俺の背に隠れないでもらえます?」

彼も任務から帰ったばかりなのだろう。

細くしなやかな背に続き、彼の率いる冒険者パーティ『防人《さきもり》の刃』の武人たちが威風堂々と立ち並ぶ。

「なっ……『絶剣のシロクサ』……!?　ルアと並ぶ、二級最上位の……!?」

ルアとシロクサ。

メガネくんは彼らの登場に目を白黒とさせた後、信じられない表情で俺を見た。

「か、彼らと知り合いなのか!?　貴様、三級のくせに……！」

「ただの腐れ縁だよ」

別に自慢するつもりはない。

たまたま同期になってたまに一緒に飲むようになった奴らが、たまたま頑張り屋で出世してっただけだ。

それに、

「ル、ル、ルア殿ぉ……！」

「おぅシロクサ、相変わらず童貞かァ？　それより聞いてくれよ。風俗の姉ちゃんたちってみんなエッチな匂いの香水つけてるだろ？　つまりああいうのがイケてる女の中じゃ人気なわけだ！　だからオレも『暗黒令嬢サラ様』をふり向かせるべく、嬢の姉ちゃんたちが使ってるやつを首筋につけたんだよ。ほれ嗅いでみ？」

「ふぐぅ～!?」

「んぁ、なんで前かがみになってんだ～？」

……こんな残念な連中との仲をあんまり自慢したくはない。

そう思わせてくれる素敵な友人たちだよチクショウ。

「ま、こいつらのことは置いといてさ」

改めてメガネくんに向き直る。

「お前がどこの誰かは知らない。だが、今は『冒険者』なんだろう？」

「ッ」

「そして何より、一人の『男』なんだろう？」

「ッ……！」

もう俺の意思は決まってるし、周囲はいきり立った冒険者まみれだ。

もはや逃げられる状況じゃない。

「だったらやることは一つだよな。最後に言う、構えろ」

「ッッッ～～～！」

完全に状況を理解したか。

そこでようやくメガネくんは立ち上がり、拳を構えた。

「いいぞメガネくん。それでこそだ」

震えているけどそれでいい。

喚いているより立派だよ。

「ぉっ、おまえっ、ジェイドッ！　いつか、後悔させて……ッ！」

「うるせーよ新入り。後悔だったら今この場で、テメェの拳でやってみろ」

「くッ、クソがぁあああああああああーーーーッ！」

そして殴りかかってくるメガネくん。

そんな彼へと俺も構え、

「街《ウチ》にようこそ。歓迎パンチだ、食らっとけ」

その顔面へと拳を叩き付けるのだった。

第十二話◇酒と『暗黒破壊龍ジェノサイド・ドラゴン』ファイヤーと俺

「ふっふっふ……！」

お天道様のもと、俺は元気に『開拓都市トリステイン』を歩いていた。

この街もすっかり綺麗《きれい》に以下略。

十年前なんて当たり前に糞尿《ふんにょう》が以下略。

リアル中世並みの以下略。

「日本人ソウルを持つ俺には耐えられない以下略だったぜ。さてヒヨコくん、そんな俺が今向かってる以下略はどこでしょう？」

『ピヨ』

そう正解！（問答無用）

「答えは、共同工作施設だ！」

はいこの前来たばっかのところになりますー。

お金を払えば誰でも木材加工から鍛冶作業までさせてくれるステキな以下略でございますね。

今回はちゃちゃっと入場します。

受付さんにお金を払って右に行けば工作室だけど、今日は行き先が左側です。

てくてく行くぞー。

「脳みそ1グラムのヒヨコくんは知らないだろうが、ここには調理場もあるんだよ」

『ピヨ？』

といっても明るいキッチンとかじゃないぞ。

食品工場的な閉め切った感じのところだ。

「肉の解体とか漬け込みを行う人が利用するとこだな」

つーわけで扉の近くの水道でよーく手をウォッシュ。

ついでにスキル《消毒《デトックス》》を使っていざ入室だ。

失礼しまーす。

「あ、ニワトリ解体してる人がいる」

『ピギャーッ!?』

すんごい鳴き声を上げるヒヨコくん。

そのまま髪の毛の中に引っ込んでしまった。

「あぁうんそのまま大人しくしとけ」

前世の日本ほど衛生ルール決まってないが、《消毒《デトックス》》したとはいえ生きた動物を調理場で歩き回らせるのはアレだからな。

「さて、じゃあスキル《隠密《ハイディング》》を使って存在感消失っと」

これで大声出さない限り注目されないな。

じゃ、割り当てられた台で作業開始していくぞー。

「今日造っていくのはずばり『酒』だ。それもめっちゃ強いヤツな」

実は邪龍に転生してから一つ悩みがある。

それは身体《からだ》が強すぎて全然酔えないことだ。

「市販の酒なんてほぼ水に近いんだよなぁ。何杯か飲んでりゃ多少は気分よくなってくるが、それでもすぐに覚めちまう」

強すぎるのも困りものだ。

たまにはガッツリ酔ってイイ気分になりたい時があるからな〜。

「というわけで、ちょっと前から『オリジナル酒造り』を始めたわけだ。ハイつーわけで酒樽《さかだる》ドーン」

スキル《収納空間《アイテムボックス》》より樽召喚っと。

メガネくんには『持てる分だけしか収納できないクソスキル』と言われたが、邪龍パワーで力持ちな俺ならほぼ無制限で使えるんだよなぁ。

「よーしヒヨコくん見てるがいい。ジェイド流酒造りテクニックをな」

『ピヨピヨピェ〜……！』

「まだおびえてんのかーい」

まぁいいや。

はいじゃあ酒造り開始。

念のため教本を見ながらいきますか。

「ベル・フロイライン著書『トロールでも出来る酒造り』って教本によると〜」

①まずは酒樽に水を入れます。

はいわかりました。

じゃあまたまた《収納空間《アイテムボックス》》から用意してきた水をジョボーッとね。

ちなみにこの水、『魔の森』の奥地にある滝の水だったりします。

「酒の美味《うま》さは水によるって言うからな。井戸水じゃ満足しないのがこの俺だ」

はいはい次。

②水の中に酒の味となる素材を入れます。

またまた《収納空間《アイテムボックス》》くんの出番だ。

用意してきた果実をボドボドボドッとね。

「俺フルーティーな酒が好きだから今回は桃を大量にブチ込むぜ」

次。

③入れ終わったら素材が潰れて水とよく馴染《なじ》むようにかき混ぜます。

「はいめんどくさい。というわけで邪龍デコピンどーん」

水面に軽くデコピンを放つ。

すると酒樽の中が爆発したようにゴボッッと震え、大量の桃は粉微塵《こなみじん》となって水に溶け込んだ。

「はい果実水の出来上がり。時短したい人はぜひ邪龍に転生してくださいね～」

はい次。
④発酵してアルコール成分が満ちるまで数週間放置します。
「ってそんな待てるかーい」

そう思った俺はね、これまでの何度かの酒造りで『答え』を見つけたわけですよ。

かなり難しいがやってやるぜ。

「いくぞ、『暗黒破壊龍ジェノサイド・ドラゴン』ファイヤーふっ！」

水面に向かい、俺は口から闇色の炎を噴きだした。

これぞ邪龍に転生した俺の必殺技『暗黒破壊龍ジェノサイド・ドラゴン』ファイヤーだ。

その効果は〝存在の死滅〟。

浴びた対象の生命力自体を滅びの炎で焼き尽くし、灰すら残さず消し去ってしまうゲロヤバ奥義だ。

だがしかし。

「ふっふっふ。かつては滅ぼすことしかできなかった『暗黒破壊龍ジェノサイド・

ドラゴン』ファイヤーだが、今は違う！」

水面で燃える黒い炎。

通常ならば果実水ごとき一瞬で焼き払い、樽も建物も丸ごと消してしまうだろうが、

「無駄に練習を重ねた結果、火力を調整できるようになったんだよなぁ」

やがて黒い炎が消える。

その後には建物も酒樽はもちろん、果実水もしっかりと残っていた。

さらに滅びの炎を受けた果実水には一つの変化が。

「んっ～アルコールの匂いだー！　よぉし発酵成功だぜ～！」

そう。

〝存在の死滅〟を齎《もたら》す『暗黒破壊龍ジェノサイド・ドラゴン』ファイヤーを極限まで調整した結果、〝存在の劣化〟に留《とど》めることが出来るようになったのだ。

つまりは『加齢』ってこったな。

結果として果実水は数か月の時を過ごしたがごとくアルコールを発生。

あっという間に酒が出来たわけだなぁ。

「俺の炎で作ったから『邪龍黒炎酒』とでも名付けておくか。念のためステータス見ておきましょっと」

邪龍ファイヤー（※略称）のせいでヤバくなってる可能性もあるからね～。

はいスキル《鑑定《アナライズ》》発動っと。

・『邪龍黒炎酒』　レア度：1　種別：果実酒　製作者：ジェイド
糖度：25
アルコール度数：50
容量：10リットル
特殊能力【なし】
桃の酒。
なお正規の方法ではなく『存在の劣化』により超速で発酵させられたため、フルーティーさが残っている。

「ちゃんと飲めれそうだな。どれどれ味はっと……」

コップを取り出し一杯掬《すく》い、さっそくグビリ。

すると、

「んんっ!?」

これは、なかなかに効くッ！

「ぷはぁっ～～……流石《さすが》はアルコール度数50。まだまだ邪龍ボディ的には弱いが、市販の酒よりだいぶイイな」

いいぞいいぞ～。

これまでは火力が強すぎて水が燃え尽きたり、逆に弱めすぎて変化がほとんどなかったりしたが、今回は成功だ。

「よし感覚は摑《つか》んだな。これからは酒が量産できそうだ」

小遣い稼ぎに売るのもいいかもな。

他のスキル《鑑定《アナライズ》》使いに見られても性質が見えるだけだし。

製造方法や製造者みたいな『付属情報』については、それを知るヤツにしかわからないようになっているからな。

「う～し、まずは冒険者仲間にでも売り歩くか。冒険者はみんな酒好きだしな～」

ちなみにこの世界の商売権的なのはまだまだ適当でガバガバだ。

酒造も罪には問われないし、市場を荒らさない程度なら誰も文句は言わないだろう。

新たな稼ぐ手段ゲットだな。

夢のマイホームに一歩近づいたぜ。

がはは。

「ん～ただなぁ」

俺の元々の目的は『邪龍ボディでも酔える酒』を造ることなんだよなぁ。

「普通に果実や麦での酒造りじゃ限界がありそうだな。そんなのから発生したアルコールなんて、俺の邪龍肝臓《レバー》にかかれば即デトックスだぜ」

さぁてどうしたものか――って。

「んん？　デトックス？　デトックスといえば……スキル《消毒《デトックス》》」

ここに来る時にも使ったスキルだ。

体表面や体内の毒を消し去る便利なスキルで……あ！

「そうだ、『毒』だ！　邪龍肝臓《レバー》でもなかなか解毒しきれない、毒っぽい素材を使えばいいんだッ！」

いいこと考えたぜ。

さらに俺は頭のヒヨコくんが怯《おび》えることになった原因の、ニワトリの解体作業の光景を思い出した。

「よし決めた」

酒樽をしまって調理場を後にする。

次の行き先は、魔物溢《あふ》れる『魔の森』だ。

「行くぞヒヨコくん」

『ピヨピヨピ～……？』

「俺はこれから、『魔物の血酒』を造ってやる！」

◆　◇　◆

はい『魔の森』到着！　そして以下略！

大量発生中の『チャージボア』見つけてガシッボカッ勝利！

その血とか肉とかゲットして調理場に帰還！（お肉は売れる）

そんなわけで酒の製造過程に桃だけじゃなく血も投入。

さっきと同じく『暗黒破壊龍ジェノサイド・ドラゴン』ファイヤーで造ってみたら……。

「な、なんじゃぁこりゃぁ」

・『邪龍黒炎魔物酒』　レア度：5　種別：果実酒・血酒　製作者：ジェイド
糖度：5
アルコール度数：90
容量：10リットル
特殊能力【頑強】

チャージボアを用いた血酒。

魔物は人類に害為《な》す存在。細胞も有害であり、肉を食する際にも完全に火を通さなければならない。

ゆえに血を飲むなど自殺行為なのだが、『存在の劣化』により有害性も弱体化。

人類がどうにか飲める範疇《はんちゅう》に収まり、また飲んだ者に一時的な効力を及ぼす魔の酒と化した。

結果：謎のお酒が出来ました☆

「いや特殊能力がつく酒とか聞いたことないぞ……」

この世界には『スキル』だけでなく『特殊能力』というモノも存在する。

魔物と、魔物を素材とした物品が宿しているものだな。

たとえば俺の『チャーハン』だ。

チャージボアの頭蓋骨から作ったあのハンマーは、特殊能力【頑強】を宿している。

それは単純に丈夫って意味じゃない。

明らかに〝耐久限界を超えるダメージ〟にもある程度耐えられるのだ。

ゾウに踏まれてもマジで大丈夫ってな。

「……なるほど。この酒も魔物を使ってるわけだから、特殊能力を宿すのも不思議じゃないか」

こんがり焼けたお肉とかじゃない。

俺の特殊な『暗黒破壊龍ジェノサイド・ドラゴン』ファイヤーで血をそのまんま発酵させて有害性だけ弱めてみせたんだ。

まぁこういうこともあるわな。

「ンで、【頑強】の効果は文字通り、能力を受けた者をタフにすることだったか」

戦闘では非常に有用だ。

要は死にづらくなるんだからな。

「魔物から造る酒だから『魔酒』といったところか。コイツは冒険者にとっての新しい切り札になりそうだな」

テキトーに酒を造ってたら前代未聞の発明をしてしまった。

こりゃ魔物と戦う奴《やつ》らの助けになれるアイテムだ。

アルコール強すぎて飲酒後数分でぶっ倒れるだろうし、肝臓が酒を処理しきるまでの限定的能力付与だろうが、それでも強力な切り札になる。

コレがあれば死者もぐっと減るだろう。

「秘密にする選択肢は流石になしだな。よし売るか」

といっても俺が売るわけじゃない。

俺の望みは〝ほどほどな平穏〟だ。

常識を破るような発明をして大注目、ってのは性に合わない。

つーわけで、

「やるかぁ……久々にアレ」

ぼさぼさの黒髪をぼりぼり掻《か》きつつ。

俺は『細胞』に力を込めた。

むむむむむ～。

第十三話 ◇ アホと悪徳領主とお嬢様俺

『開拓都市トリステイン』は革命的発展を遂げた土地である。

上下水道などインフラの完備。

正しい衛生知識と医療知識の浸透。

数々の高度な道具の一般化。

規格化された独自の単位法の定着等々……。

それらによって今やトリステインは『聖都モルドレッド』を追い抜くほどに発展。

逆に文化的影響を与えるほどの注目の街と化していた。

なおその発展は、一人の『令嬢』により齎《もたら》されたものであり、

「ぁっ、あの方は……!?」

「来たぞ……っ！」

「おぉぉっ、あれが噂《うわさ》の……！」

約半年ぶりの『彼女』の到来。

雑踏の中に突如として現れた彼女を前に、人々は騒ぎ、そして視線を奪われた。

ああ、まさに彼女こそ白夜の薔薇《ばら》。

白き長髪を靡《なび》かせ、黒きドレスのレースを揺らして堂々と歩むその少女こそ、

「『暗黒令嬢サラ・ジェノン様』の御到来だぁーーーっ！」

悲鳴にも似た歓声が、開拓都市に溢《あふ》れたのだった。

◆◇◆

（すんません、それ俺なんすよねぇ〜〜〜〜……！）

はいマジでごめんね街の皆さん。

俺、ジェイドくんです。

ジェイドくんなんです……っ！

『暗黒破壊龍ジェノサイド・ドラゴン』ことジェイドくんこと、サラだったんです……！

いや違うんですよ。

この姿には色々事情があるんですよ。

元はね、あまりにもこの世界の衛生環境とかがクソだったのが始まりなんすよ。

こりゃ～やってられんと思いましてね。

それを何とかしようと考え、現代知識を広めようと思ってなった姿が『コレ』なんですわ。

自分が『ジェイド』であるとバレたくないから、いっそ全ての要素を反転させようと考えましてね。

――『黒髪で』『長身で』『気弱そうな』『冴《さ》えない大人』の普段の姿から、

――『白髪で』『小柄で』『冷たそうな』『絶世の美少女』になれば安心かなと。

（……まぁ正確には『美少女』じゃないんだけどな。邪龍細胞を操って変化《へんげ》もできる俺だが、チン……アレだけは怖くて消せなかったんだよなぁ……！）

再形成できなくなったらどうしようって感じでな。

というわけで色んな意味でエセ存在な『サラ』になったわけだが、これが妙な人気が出ちまって……その結果。

「――ウォオオオオオオッ！　サラ様ァァアッ！　オレですルアですコッチ見てくださいウォオオオオオッ！」

（うわ出た）

噂をすればなんとやらだ。

ワーワー騒ぐ民衆よりもひときわうるさく、悪友のルアが絶叫しながら駆けてきた。

（まさか友人が過激派ファンになるとか思わんだろぉ……！）

ともかくこれ以上騒ぎがでかくなると近所迷惑だ。

さっさと領主邸に行くとしよう。

「サラ様ぁあああぁーーーッ！　サラ様ウオオオオオッ！」

「──黙れ、下郎」

「ひぅっ!?」

口から飛び出す威圧的な言葉。

実際は『お前うるさいっつの』と言っただけだが、この身体《からだ》だと偉そうになるよう出来てるんだよなぁ。脳いじったから。

なお、

「あッあッ、オレ、新しい性癖の扉ひらいたかも……！」

……変態の友人には特に効果がない模様。

「はぁ、まったく」

打たれ強いアホに苦笑しつつ、俺は一瞬で領主邸まで移動する。

「あっ、サラ様が笑ってくれたーーー!?」

うるせぇよっと。

◆　◇　◆

ほい領主邸到着っと。

もはや突撃訪問にも慣れた様子の老執事さんに通され、煌《きら》びやかな執務室にて領主サマと対峙《たいじ》する。

よぉ。

「息災であったか、イスカル卿《きょう》よ」

「ぎゃあああああああ出たであるぅうううううッッッ!?　腹黒ドSオスガキャァアアアーーーーーッ!?」

「誰が腹黒ドSオスガキだ」

この男こそ『開拓都市トリステイン』の王。

イスカル・フォン・トリステイン伯爵だ。

見た目は丸くて悪人面で変な髭《ひげ》生えてる汚職貴族だが、実際は、

「もう違法薬物作ってないか？」

「してねェーであるよッ！　『やったら殺す』宣言を貴様から受けてるからなァッ！」

はい。

マジで悪人の汚職貴族です。

俺が接触した時には、領地経営に困って違法薬物売っぱらおうとしてる寸前でした。

「くっ、貴様なんぞに目を付けられたのが運の尽きだ……！」

なお俺の知識や発明品の数々がアホみたいな速さで街に浸透していったのは、俺が領主《コイツ》を無理やりに脅して、全力で布教・販売させているからだ。

他にも孤児や老人への支援とかさせたりね。

「フフ、笑えるなイスカル卿。クソを下水で煮込んだような性格のお前が、世間からは『福祉活動に精を出す聖人貴族』と扱われているのだから」

「チッ。貴様がそうしろと命令したからだろうが……！　あんま舐《な》めた口利くと貴様に精出すぞオスガキャァッ!?」

なおコイツは俺の下半身事情を知っている。

親睦を深めようと一緒に海行ったからな（※てか単に俺が行きたかったから強制連行）。

コイツ泳げなくてワロタ。

仕方ないから教えてやったよ。

「くそ……それでサラよ。貴様が来たということは、今回もまた儲《もう》け話《ばなし》か？」

「うむ。お前の悪行を許さん代わりに、金の湧き出る知識と技術を提供する約束だからな」

いわゆるビジネスパートナーってやつだ。

まず俺が脳細胞《おつむ》まで最強な邪龍のうみそをグルグル回して前世の記憶を完全追想《パーフェクトウオッチ》。

そこからもうほとんど覚えてない教科書の内容とかボンヤリ読んでた科学漫画とかネットサーフィン中に一瞬開いたウィキのページとかを〝視《み》て〟、得た知識をこの男に知らせてる感じだ。

そそるぜ。

俺じゃ物品やらの作り方はわかっても、それを量産して広めるための人材が用意できないからな。

「ふん。儲けのほとんどは社会的弱者どもの支援に回せと言うくせに。……まぁよい。それで、次に売り広めればいいモノはなんであるか？」

「これだ」

スキル発動《収納空間《アイテムボックス》》、解放。

俺は異空間から何十個もの酒樽《さかだる》を召喚した。

「むッ……酒であるか……？」

「あぁそうだ。『魔酒』と言ってな、私手ずから造った魔物の血酒だ」

「むむ⁉」

『魔酒』について話してやる。

ちなみに邪龍ファイヤーで造ったってのは内緒でな。

流石《さすが》のコイツにも俺が『暗 黒 破 壊 龍 ジ ェ ノ サ イ ド ・ ド ラ ゴ ン』なことは秘密だからだ。

本名恥ずかしいしぃ……。

「――なるほど。飲めば冒険者に特殊能力を発現させる酒であるか。またとんでもないモノを開発してきたなぁ」

「もう十年近い付き合いだ。いい加減に慣れただろう?」

「アホ言え、毎回驚かされっぱなしである。まったく、世紀の発明をポンポンと投げてきおって……。いいかサラよ? 『常識外れ』のネタというのは誰もが諸手《もろて》を挙げて受け入れるわけではないのだぞ? 特に貴族界だ。尿を使ったホワイトニングや水銀を摂取する健康法が逆効果だと知らされた時には、吾輩《わがはい》に向かって非難が殺到したのだからな。これまで自分たちがバカな行動をやってたことをプライドが認めたくないのであるよ。ンで今回の魔物の血酒など軽く宗教問題であるよ。魔物肉の摂取すら表向きタブー視している『女神教』上層部のクソ面倒連中とはどう折り合いをつけたものか。こりゃ確実にまた抗議が!」

おぉうイスカル卿ってば俺のせいで色々大変みたいだ。

「苦労を掛けるな。今度一緒に温泉行くか?」

「行かねぇであるよ殺すぞッッッ!!!?」

うわめっちゃ怒らせちゃったよ。

咄嗟《とっさ》に謝ろうとしたけど、心の中のプリキュアが「謝らないで! コイツ元は違法薬物密造者よ!」と言ってきたからやめた。

それもそうだな。

代わりに酒樽のフタ投げとこ。

あ、つい力んで音速で投げちゃった。

イスカルの真横をビュバッッッズパッァアアアッって窓切り裂いて飛んでった。

あっあ。

そんで超遠方で今羽ばたかんとしていた腹に傷のある赤龍に当たって撃墜しちゃった。

アイツ生きてたのかぁ。

なんかごめんね～？

「ひッ、ひえぇえええぇッッッ?!　コイツいきなり暴力で黙らせてきたであるッ!?」

「あ、いやそういうつもりじゃないんだ。ただ悪人《おまえ》相手なら気を遣う必要もないからな。あんまりピーピー喚《わめ》かれると、手が出る」

「こっっっわ!?　貴様やっぱり鬼畜だろッッッ!?」

そうしてわーわー叫ばれてると「お茶の用意が出来ました」と老執事さんが入ってきた。

彼は優雅に紅茶を淹《い》れると、「旦那様が楽しそうで何よりです」と嬉《うれ》しそうに微笑《ほほえ》んで去っていった。

「って楽しくねぇであるよクソがぁーーーッ!?」

「こらこらハシャぐなイスカル卿。大人なんだからそろそろ仕事の話に戻るぞ？」

「うるせーッ！」

「戻るぞと言ったんだが……？」

「ひえっ……!?」

よし交渉成立。

美味《おい》しい紅茶をくぴくぴ飲みつつ話題を『魔酒』に戻す。

「さて。例の『魔酒』だが、その有用性は極めて高いと見込んでいる」

「うむ……なにせ人に魔物の特殊能力を宿すというのであるからな」

「効果は一時的だがね。それでも強力な切り札になるだろう」

「売り方はギルドを通すべきであるな？」

「あぁそれがいい。冒険者のみの販売としたい」

「任せとけである。酔いやすいうえ特殊能力を与える酒が制限もなく出回ったら、社会が混乱しかねんからな。ただ転売屋対策はどうするか」

「私が直々に殺してやろうか？」

「転売屋への殺意すごいな貴様ッ!?」

俺を毛嫌いしているイスカルだが、儲け話だけはポンポンと話を進めてくれる。

こーいうとこだけは嫌いじゃないな。

悪人だからコッチも気兼ねなく話せるしな。

「値段は高くしてもいいぞ。なにせ私しか造れんのだ、量産に手間がかかるからな」

「元からそのつもりである。そのほうが吾輩の取り分も増えるからな。……で、今回の貴様の取り分は？」

「いつも通りだ。社会福祉とインフラに回せ」

「またであるか……」

呆《あき》れられるが決めてることだ。

前世の知識や邪龍パワーで儲けた大金。

そういうのは懐に入れないようにしてるんだよ。

この世界で人間として生きると決めたんだ。

そんな男が『別世界』や『人外』のリソースで経済のパイを奪うわけにはいかんだろ。

「お人よしぶるのが好きであるなぁ。人間かどうかすら怪しいくせに」

「なんだわかるのか？」

「当たり前である。十年近くの付き合いになるくせに、ずっと見た目が変わらねばなぁ」

まぁそりゃわざとやってるからな。

この世界に色々と知識を齎してる俺だが、それで全面的に信仰されたり依存されたりしたら困る。

だから〝人間じゃないかもしれない〟と思わせて、ベッタリするのもどうかと疑心煽《あお》ってんだよ。

「実際、『ダークエルフ』など人に近しい魔物はいると聞くであるからな。貴様もそのあたりなのだろう？」

「さてどうだか。もしやドラゴンかもしれないぞ？」

「はんっ、こんな乳臭いドラゴンがいたものか」

「えっ、乳臭いのか自分……？」

……非常に気になる匂いレビューをされたが、まぁそろそろお暇《いとま》しますかね。

あんまり長居していると、また老執事さんが『イスカル様は独り身で、ここまで饒舌《じょうぜつ》に話せる相手はサラ様だけで』と謎の長話をしてくるかもしれない。

俺とイスカルを友達にでもしたいんだろうか？

まぁいいや。

「さて、では帰るぞイスカル卿。貴族なんだから土産を持たせろ」

「ッ、貴様っ……謙虚ぶってるくせにみみっちい要求ばっかしやがって……！　えぇい、吾輩がおやつにする予定だったカステラでも持って帰れ！　貴様がこのまえ美味《うま》いと言ってたヤツだッ、執事によこせと言っていけ！」

「あぁあの茶菓子に出してくれたカステラか。嬉しいぞ感謝する」

やったぜ言ってみるもんだな。

「また来るぞ」

「もう来るな！」

そうしてクールに去らんとした時だ。
イスカルが鼻を鳴らしながら何やらぼやいた。
「チッ……面倒な相手ばかりが絡んで来るな。つい先日も『聖都』から――」
おっと邪龍イヤーは地獄耳だぞ。
おんおんイスカルくん？
聖都から、なんだってぇ？

【今回の登場人物】
サラ：謎の白髪超絶美少女。その正体は本名が恥ずかしい人。たまに『もっと姿考えればよかった……』と後悔している。
イスカル：聖人と評判の領主。その正体はカス。なのでかなりぞんざいに扱われている。サラのことが大嫌い。
老執事：『お二人とも結婚してくださいませんかねぇ』と思っている。

第十四話 ◇ 聖都よりの騎士と俺①

ある日の午後。

「――くっ、なぜ冒険者にしてくれない!?」


ギルドに入った時だ。

受付台より女性の叫びが響いてきた。

「なんだなんだ?」

近寄ってみれば、金髪の女騎士が受付嬢のミスティカさんに食いかかっていた。

「私は元貴族付きの騎士だ。そこらの駆け出しよりよほど強いぞ! それなのになぜ!?」

「規則だからです。冒険者登録に前職は関係ありません。ただ……『五体満足』でない方は、お断りしているのです」

ミスティカさんが騎士の右腕を見る。

「その腕」

「くっ……」

ちゃんとついてはいる。

が、肩から先は一切動かない。

鎧籠手《よろいごて》を着けているため下がどうなっているのかはわからないが、まるで棒になってしまったかのようにぶら下がったままの状態だった。

「そちら、動かないんですよね？　であれば四肢欠損者と同じ扱いになります」

「……るさい……」

「アイリスさんとおっしゃいましたね？　冒険者の死は自己責任です。ですが当ギルドは決して死者を量産したいわけではありません。それゆえ、重篤な損傷をされている方は登録が」

「うるさいと言っているッ！」

左腕で台を叩《たた》くアイリスという騎士。

激しい音がギルドに響いた。

「……申し訳ありませんが、規則ですので」

「くそッ……！」

……なんか少し前にもメガネくんが似たような真似《まね》をしていたが、でも今回は違うよな。

遠巻きに見る冒険者仲間たちも視線が気遣わしげだ。

やがて彼女を見かねたか、野次馬の中からポニテ侍のシロクサが歩み寄っていき、ビクビクと声をかけた。

「ア、アイリスと、言ったか……！　ななっ、何があったか知らぬが、あまり、受付嬢にあたっ、あたるのは……！」

「なんだ貴様は⁉　ハッキリ喋《しゃべ》れ気持ち悪いッ！」

「気持ち悪いッッッ⁉」

……ガーンッと撃沈するシロクサ。

う、うん。

女の子と話すとガチガチになるような恥ずかしがり屋なのに、お前頑張ったよ。

今度なんか奢《おご》ってやるからな？

「ハァ……騒がせたな。では私は失礼する」

踵《きびす》を返して騎士アイリスは去っていく。

途中で俺とすれ違うが、彼女は視線を合わさない。

ただ悔しげに唇を噛《か》み締め、ギルドの扉を乱雑に開けて出ていくのだった。

「——なんだ、あの姉ちゃんは？——」

「——なんか訳アリっぽいが、貴族がらみの面倒ごとならごめんだぜ……？——」

「——と、とりあえずシロクサさんドンマイッ！——」

やがてあれこれ口にしだす冒険者たち。

望んで関わろうとする者はいなかった。

明らかに彼女からは『厄ネタ』の匂いがするからだ。

「――そういえば聖都からの商人が言ってたよ。なんか、女主人を斬りつけてクビになった騎士がいるとか――」

……ふと聞こえてきた一つの噂《うわさ》に、俺はなるほどと合点する。

「……イスカル卿《きょう》もこう言っていたな……」

聖都の馴染《なじ》みの女貴族より伝書が送られてきたとか。

曰《いわ》く、『そちらに私を傷つけた騎士が向かうはずだ。片腕を不能にしたゆえ生活もままなるまい。ヤツに監視を付け、落ちぶれた瞬間に捕獲しろ』ってよ。

ちと意味がわからん要求だった。

別に捕まえるだけなら兵士を何十人も向かわせれば済むはずだが、なぜ落ちぶれた瞬間を狙うのか。

それともそれほどその騎士が強いのか？

まぁともかく貴族に歯向かうような凶暴なヤツだ。

関わるのは避けよう……と思ってたんだが。

「女とは聞いてなかったよ。それにほっとけないよな、あの様子だと」

彼女はたしかに気が強そうだが、それでも理由なく主人を斬るようには見えない。

となれば手は一つだ。

「追うぞヒヨコくん」

『ピヨピヨピヨピヨピ～ヨピヨ！』

「なんて？」

なんとか出来る範囲で力になってやるさ。

人が落ちぶれるのを見過ごすほど、人間やめてないからな。

◆　◇　◆

「あぁ、いた」

女騎士はすぐに見つかった。

というのも、近くの飯屋の前で「おなかすいたな……」と立ち止まってぼやいていたからだ。

うんちょうどいいや。

「アイリスだったよな。入ろうぜ」

「ぬっ、ぬぁ!?　なんだ貴様は!?」

「俺の名はジェイド。俺も昼飯まだだったから一緒に食おう」

「はぁ!?」

腕を掴《つか》んでお店にゴーだ。

そろそろ混む時間だしさっさと行くぞ。

ほれ、女児たちをぞろぞろ連れた修道女さんも入っていくしな。

ってあの女は……まぁいいや。

「ちょっ、オイ貴様っ」

「ああ、メシは奢るから心配ないぞ。好きなもん食っていいからな」

「はぁぁ!? そ、そんな話信じられるか！　離せッ――って力つよっ!?　振りほどけない!?」

ははは。そりゃ『無駄に力持ちのジェイド』と呼ばれてるからな。

「き、貴様、本当に一体なんなんだ……あとなぜ頭にヒヨコを……」

「今のアンタと話す気はねーよ。人間、腹が減ってるとイライラしちまうからな。話は食った後にしよう」

「むむむ……!?」

というわけでお店到着。

すんません店員さん、邪龍と女騎士二人で～！

「はぐっ、はふっ、はぐぅっ……！」

夢中でご飯を食べるアイリス。

当初は俺に警戒心マックスだったが、この店名物の『トロールカツカレー』が到着するやこの通りだ。

左手でぎこちなくスプーンを使いながら、飲むようにメシを平らげていった。

「うぅ、おいひぃぃ……！」

「そりゃよかったよ。よっぽど腹が減ってたんだな」

「うぐぅ……！」

いやまじで欠食児童って感じの食い方だからな。

よく見りゃ長い金髪とか鎧装束《バトルドレス》も汚れちまってるし、どんな生活送ってきたんだか。

「ギルドの連中が噂《うわさ》してたよ。聖都から、『女主人に刃を向けた騎士』がやってくるかもって」

「ッ!?」

「それ、アンタのことじゃないか？」

実際はもう確信してるがな。

こちとらイスカルから『その騎士は片腕が使えない』って話も聞いてるんだ。

これで違ったら逆にアンタ誰だって話だよ。

「そ、それはだな……」

「言いたくないなら言わなくてもいいさ。それよりアイリス、その片腕をなんとかしよう」

「って、はぁ!?」

はい今日何度目かの『はぁ!?』をいただきました。

「なんとかするって、貴様……」

「切断されてないならなんとかなるだろ。まずスキル発動《鑑定《アナライズ》》っと」

対象を右腕に限定してチェックだ。

すると、

対象名：『人族・女性の右腕』
状態：石化
魔物『石邪龍バジリスク』の呪毒に冒されている。深度はⅢ。表皮・真皮・皮下脂肪まで石化済み。

「て、こりゃやばいな」

『石邪龍バジリスク』は魔物の中でも一等強力な〝龍種〟。

つまり俺の仲間だ。

そいつによる呪毒となれば聖水ぶっかけようがガブ飲みしようが解呪は困難。

しかも骨や神経まで石化する寸前の深度Ⅲともなれば……、

「……もう切断するしかなかろう？」

悲しげにアイリスが呟《つぶや》いた。

「噂は本当だよ。ある女貴族を斬ったのは私だ。この呪いは、そいつの持つ『魔導兵装』に付けられた」

「なるほど……。龍種の武器を持ってるとは、だいぶ高位の貴族だな」

「ああ。無駄にお偉い、変態だ……！」

忌々しげに彼女は右腕を擦《さす》った。

服の下から、ザリッという石の掠《かす》れる音が響く。

「女性ばかりを閨《ねや》に引き込む性倒錯者でな。まぁそれだけならよかったが……あの女、とにかく無差別的で乱暴すぎるのだ。それこそ、乳歯の残るような庶民の女児を、無理やり拉致してくるほどにな」

「それは……」

かなり笑えない変態だな。

「それを知った私は激怒してな。彼女、『ヴィオラ女侯爵』の騎士となったばかりであるが、剣を持って閨に殴りこんでやったよ。『これ以上、不埒《ふらち》な真似《まね》をするなら斬ります』とな。着任直後に主人とバトルだ」

「カッコいいなお前。で、結果は？」

「負けたよ。厄介なことに……高位の貴族ほど、強力な『スキル』をいくつも持ち合わせているからな」

「そりゃあな……」

『女神ソフィア』の与えた世界の歪《ゆが》みの一つだな。

人の才能が〝スキルの内容と数〟でわかるようになった結果、配偶者を選べる貴族は優秀な者とまぐわい続け、財力でも武力でも庶民が敵《かな》わない存在となった。

前世と違い、反乱や暗殺も難しい貴族《バケモノ》の誕生だ。

「偉くて強けりゃそりゃ庶民を食い荒らすようになるわな。生物としてのスペック自体が違うんだからよ」

優生学の破綻した末路だな。

「……どうにか一太刀は入れたがな。が、『石邪龍の毒鞭《どくむち》』を右腕に受け、さらに兵士がなだれ込んできておしまいだ」

「貴族のホームなら当然兵士もいるわな。で、普通なら即処刑になりそうだが」

「ああ……あの女、何を考えたか私を追放処分のみとした。それで、近年もっとも栄えているというこの街にやってきたわけだ」

「そういうことか」

……例の貴族、ヴィオラ女侯爵の意図がわかった。

なぜその女がイスカル卿《きょう》に、

『そちらに私を傷つけた騎士が向かうはずだ。片腕を不能にしたゆえ生活もままなるまい。ヤツに監視を付け、落ちぶれた瞬間に捕獲しろ』

なんて命令を裏で下したか。

性癖を知ったおかげで読めたよ。

それはずばり、女騎士アイリスを『モノ』にする気だからだ。

「腐ってんなぁ……」

右腕の呪いが末期にまで達すれば、やがて全身にも回り始める。

そうなりゃ稼ぐことなんてとても困難。命も危うい。

んで身体《からだ》も心も限界に達した瞬間、ヴィオラは手を差し伸べる気なのだろう。

〝私の女になれば、お前を救ってやる〟とか言ってな。

胸糞《むなくそ》悪い。

「よくわかったよ。話してくれてありがとうな、アイリス」

「ああ……こちらこそ、聞いてくれてありがとう。腹も膨らましてもらったからかな、誰かに打ち明けられて……少しだけ心の澱《おり》が晴れた気分だ」

「そりゃよかったよ。じゃあ右腕を治療しよう」

「あぁそうだな――って、はぁッ!?」

お、また『はぁ!?』って言われた。

「き、貴様、《鑑定《アナライズ》》したならわかるだろう!? 私の右腕は、強力な邪龍の毒で……」

「ああ。そこらの聖水じゃどうにも出来ない状態だよな。もう切断しかない」

「そうだ。だから……」

「でも今は違う」

スキル発動《収納空間《アイテムボックス》》、解放。

俺は虚空から一本の酒瓶を取り出した。

「ちょうどよかったよ。偶然手にした『魔酒』の中に、解決できそうなヤツがある」

「は？　魔酒とは……？」

戸惑うアイリスをよそに、空いたお冷のグラスにトクトクと酒を注いでいく。

「よし。ぐいっと一杯飲んでくれ」

「はぁ？　いきなりそんなこと言われても……」

「誓って毒とかじゃない。ヒヨコの身柄を懸けてもいい」

『ピヨッ!?』

豆食ってたヒヨコが騒いだ。

ほれ、今こそお前が役立つ瞬間だぞ。

「どうだアイリス？　ヒヨコだぞ？」

「いや、別にヒヨコはいらないが」

『ピヨォ～!?』

なお役立たなかった模様。

はぁ～つっかえ。

「ヒヨコくん……お前このままじゃ無限豆消費マシンだぞ？　なんかいつまでもデカくならないしよぉ」

『ピヨォ～……ッ！』

「こちとらマイホームのために貯金中だからな。このままじゃ、お前を触りたがってるシロクサに一時間１０００ゴールドで貸し出す商売を始める必要が……」

『ピギャーーッ!?』

と、今後のマネジメント契約について話していた時だ。

アイリスが「ふっ」と笑うや、『魔酒』を注いだグラスを手に取ってみせた。

「わかったよ、ジェイド。貴殿を信じて飲むとしよう」

お？

「ヒヨコ担保《たんぽ》が効いたのか？」

「いやヒヨコはいらん。ケツの締まってない鳥類は嫌いだ」

『ピヨゲッ!?』

ああうん。

そりゃ気高い女騎士らしい理由なことで。

「ジェイドよ。貴殿はなかなか腹の底の読めん男だ。ただのお人よしと言うには、どこか秘密めいたものを感じる」

「そりゃな」

だって邪龍だしな。

そんなクソデカ秘密抱えてるしな。

「でも」

アイリスは視線を落とし、己が腹部を見た。

「……お腹《なか》を膨らませてくれたからな。利き腕を潰され、お金も知り合いもなく、そのくせプライドだけは人一倍で荒れていた私を……お前は強引に連れ込んで、ご飯を食べさせてくれた。もうその時点で返しきれない御恩がある」

御恩って。

カツカレー一杯で大げさだな。

「非常食のヒヨコとも仲良いようだし」

『ピゲッ!?』

「いや非常食じゃないんだが……」

ヒヨコくん、〝非常食だったの!?〟って顔で俺を見るな。

「ゆえに貴殿を信じよう。きっと悪い人物ではないと」

おいおい……そりゃ買いかぶられたものだな。

「もしかしたら人間に化けた悪い邪龍かもしれないぜ？」

「ははっ！　カツカレーを奢《おご》ってくれる邪龍がどこにいる！」

ここにいるよ。とは言えないな。

「あぁジェイドよ。どのみち詰んでいた私だ……どんな結果になろうと、貴殿を恨まぬと――そう誓おう」

そして彼女は、グラスを呷《あお》った。

「ぐッ……んぐっ……！」

飲みながら出る呻《うめ》き声《ごえ》。

「んッ……うぅ……！」

強い酒精が喉奥を責めているのだろう。

涙を浮かべるアイリスだが、それでも一切吐き出さず。

ぐびり、ぐびりと、腹の底に収めきり……、

「ぷはっ……飲み切れた、ぞ……？」

「ああ、よく頑張ったなアイリス」

かくして変化は訪れる。

「ッ、これは!?」

ビクッと震える彼女の右腕。

石化して棒のようになっていたソレが、徐々に、ゆっくりと動き出した。

「あっ、腕、が……！」

アイリスが右の籠手を外す。

すると、今まさに石塊《いしくれ》と化した表皮が、柔らかな白肌に戻りつつある光景が見えた。

「よし、『特殊能力』発動だな」

彼女に飲ませた魔酒の瓶を見る。

コイツは『巨大鼠《きょだいねずみ》ジャンボラット』の血から造った酒だ。

かの魔物が持つ能力は【超免疫】。

あらゆる毒や菌を無力化するという、まさにネズミのバケモノにふさわしい異能だ。

で、魔酒を飲むことで一時的にその異能が発現。

たとえ邪龍の毒だろうが弾《はじ》き飛ばしちまうってわけだな。

「あぁ、私の腕が……！　もう切るしかないと思っていたのに……！」

やがて変貌を終える彼女の右腕。

つい先ほどまで石そのものになっていたソレは、今や瑕疵《かし》の一つすらない正常なものとなっていた。

「動かせるか？」

「っ、うん……少し震えるけど、動かせる……！」

ぽろぽろと。

アイリスの頬を大粒の涙が流れていく。

ま、それも当然か。

大切な四肢の一つを取り戻したわけだからな。

「ありがとうっ……ありがとう、ジェイドよ……！」

「別にいいさ」

手を伸ばして彼女の涙を拭いとる。

「俺の目の届く範囲じゃ、胸糞悪い展開はごめんだからな」

第十六話 ✧ 『開拓都市』の虎の尾

「うぅぅぅ……」

「っと、大丈夫かアイリス？」

右腕を治した後のこと。

彼女はぐったりとテーブルに突っ伏してしまった。

「め、めが、まわ、りゅぅ……！」

あー、そりゃ仕方ない。

「度数90オーバーの酒だからな。一気にキメたらそうなるよなぁ」

おかげでアイリスの顔は真っ赤だ。

このへんは説明しときゃよかったな。

「ごめんな、いきなり飲ませちまって。後の世話は任せとけ」

俺は机に飯代を置くと、彼女に近寄り横抱きにした。

「じゃあ俺の宿で休憩を」

「ってダメーーーーーーーッ!?」

と、その時だった。

銀髪姉妹のニーシャとクーシャが窓をガシャァァアッと突き破って出現。

無駄に疾風迅雷の動きでアイリスのことを奪い取った。

えええ？

「お前ら、何を」

「それはこっちのセリフだよお兄さん!?」「酔い潰れた女性を連れ込むとかアウトですよアウト！」

ん、あぁ。

そりゃまぁ傍《はた》から見たらちょいあれだったか。

「いや、別に変なつもりはないんだが」

「わかってるよお兄さん優しいしッ！」「それでも万が一があるでしょうッ!?　この女ってば乳デカいしッ！」

アイリスを掲げてフシャーーーーッと唸《うな》る双子姉妹。

これは奪い返すのは無理そうだな。

「わかったよ。彼女のことは二人に任せた」

てかちょうど良かったかもな。

なにせニーシャとクーシャは女性だけの冒険者集団『妖精の悪戯《いたずら》』のダブルリーダーだ。

俺なんかの世話になるよりアイリスも安心できるし嬉《うれ》しいだろ。

「ニーシャとクーシャなら信用できるからな」

「『でゅへェッ！！！！……って、お兄さんに信用されても嬉しくないしーッ!?』」

「そ、そうか」

一瞬すごいだらしない顔と声した気がするけど気のせいかな？

「じゃあなアイリス。またどこかで」

そうして俺が立ち去ろうとした時だ。

ふいに、

「ま、待ってくれ」

と、震える右手が俺の袖を掴《つか》んだ。

「アイリス？」

「ま……まだ……解決、すべき、ことが……」

意識も朦朧《もうろう》としたままに、彼女は言う。

「ヴィオラ……だ。あの、強姦魔《ごうかんま》の女狂い……。戦えるようになったからには、アレを、一刻も早く……」

「大丈夫だ」

彼女の手を両手で包む。

その貴族なら、言われずとも俺がどうにかしようと思っていたが、

「お前は言ったよな。例の女侯爵は、乳歯も残るような女児も魔の手にかけていると」

「あ、ああ。まさに最悪で……」

「それを最悪の女が聞いちまった」

この飯屋にアイリスを連れ込もうとした時だ。

先に入っていった『女児を率いる修道女』を見た時、俺は内心ビクついてしまった。

「女児《ロリ》に関する発言なら、あの女が聞き逃すはずがない」

例の女は間接的に、虎の尾を踏んでしまったのだ。

「こりゃ邪龍《おれ》が動くより大変なことになるかもな」

「な、何を言ってるんだ？　あの女、とは？」

戸惑うアイリスに、俺は告げる。

「世界に七人しかいない〝特級〟冒険者『妖濫《ようらん》の聖女アネモネ』が動くってことだよ」

「なに!?」

そう。

「またの名を、『1秒に10回「幼女」と言える聖女アネモネ』がな」

「気持ち悪いッ！」

◆　◇　◆

「ごきげんよう。アネモネと申しますぅ〜〜〜」

〝女児が辱《はずかし》めを受けている〟という発言から66秒後。

聖都に立つ女侯爵の屋敷は、壊滅状態と化していた。

「いだいいだいだいだいだいだいィイイッ!?」

「アァアアアーーーーーッ!?」

「だ、誰かッ、殺して……ッ!」

背景は燃え盛る地獄の業火。

そこに並び立つは、血色の杭《くい》に貫かれた数十名の兵士たち。

悲鳴と絶叫。肉を焼く音。

それらが響く惨劇の舞台にて、『聖女アネモネ』は微笑《ほほえ》んでいた。

「さぁ、最後は貴女《アナタ》だけですね」

花咲くような柔らかな笑み。

「さぁ、さぁ、さぁ」

安らぐような優しい声音で。

「お死にましょうね、ヴィオラさん?」

アネモネは悠々と廊下を歩き、女侯爵へにじり寄る。

「ッ……アンタは、特級のアネモネ……！」

突然の強襲にヴィオラは瞠目《どうもく》する。


世界で七人だけの人間兵器・特級。

その一人である『妖濫《ようらん》の聖女』とも呼ばれる女に詰められているのだから。

「アンタ、なんでここに……!?」

「あらわからない？　幼女の胸より小さな脳みそなんですねぇ」

「なんだとッ!?」

女侯爵ヴィオラが動こうとした瞬間、足元から血の杭が伸びる。

「くッ!?」

咄嗟《とっさ》に下がるも次は壁から、天井からと。

磔刑《たっけい》の杭はどこまでも彼女を追い詰め続ける。

「息の根と生理を止めましょう」

「黙れ下民がッ！」

ヴィオラは杭の避けにくい廊下を抜け、広い執務室に飛び込んだ。


さらに追ってきたアネモネに向かい、血杭を蹴り砕いて先端を飛ばす。

が、無駄だ。

「抵抗と老化は止《や》めましょう」

杭の破片は血霧と霧散。

そして再びヴィオラに向かって生え伸びてきた。

「くそ、キリがないッ。噂《うわさ》の血を操るレアスキルか！」

「えぇ。詳細はヒミツですが、応用すれば瞬間移動もできるんですよ？　ロリの涙を座標にね」

「気持ち悪いッ！」

罵倒と共に、ヴィオラは執務机からあるものを取り出した。

「ただ逃げてるだけと思ったか!?」

取り出したのは、猛毒色の鱗《うろこ》を纏《まと》った鞭《むち》だ。

これぞ脅威度S級毒邪龍『バジリスク』より造られた魔導兵装である。

「このヴィオラ様をッ、舐《な》めるなァーーッ！」

怒りと共に放つ鞭撃《べんげき》。

超速かつ縦横無尽に描かれる軌道。

一閃《いっせん》にして毒鞭は、ヴィオラに迫る血の杭の群れを撃滅した。

「呪毒ッ、発動！」

鞭が当たるや杭は一瞬で石化。

アネモネの前で微塵《みじん》と散った。

次は、再生しなかった。

「あはははっ！　大正解！　血も石になれば再形成できないみたいねぇッ!?」

「あらお強い」

武器の優秀さはもちろん、女侯爵の腕前自体に修道女は目を眇《すが》める。

「なるほど……それがロリを食べて得た力ですか」

「ロリは関係ねぇよボケ。上位貴族ほど強い武器を持ち、スキルも武勇も優れてるのは当たり前でしょう？」

ヴィオラは圧倒的に強い。

最初こそ突然の奇襲に面食らったが、落ち着けばこの通りだ。

「貴族の力を見縊《みくび》るなよ？」

財を尽くした秘蔵の武装が。

そして、優生婚の連続により発現した身体技能強化系スキルの数々が。

たおやかな肉体を、戦場の絶対者へと変えてくれる。

「アネモネはロリしか見ませんよ？」

「黙れ狂人。さて……アンタの根城は『開拓都市トリステイン』だったわね。となるとアンタを遣わしたのは、調教《プレイ》の一環で放逐したアイリスか――いや、もしや領主イスカル卿《きょう》がチクりやがったか!?」

「はい」

聖女はクソ適当に答えた。

イスカルは特に関係ないのだが、ロリ以外とはあまり話を延ばしたくないからだ。

「クソッ！　ヤツの過去の悪行はアタシもいくつか握ってるってのに、それがバレることも覚悟で裏切りやがったな!?」

「はい」

「やはりかッ！」

なお、真実を知らない悪徳貴族仲間のヴィオラは怒り心頭である。

「最近じゃ何の思惑か『聖人貴族』を気取ってるらしいが、マジで心を入れ替えやがったか……。おのれ、次に会ったら殺してやるぞイスカル卿ッ！」

「はぁ。領主様はどうでもいいですけど、反省はナシですかー。酷《ひど》い人ですねぇ」

「あぁそうさ！　だが強いッ！　アタシら貴族は強いからこそ、残酷な真似《まね》も許されてるんだよォッ！」

豪速一閃。

数多《あまた》のスキル補正を受けて振るわれた鞭が、アネモネの首に直撃した。

「殺《と》ったッ！」

そして発動する呪毒。

修道女の細首は刹那に石化。

そのまま砕けて宙を舞った――のだが。

しかし。

「あぁ、アネモネが死にました」

「は？」

気が付けば、側《そば》に全裸のアネモネが立っていた。

「なッ、はぁッ!?　アンタいつのまにッ」

「「本当に酷い人」」

ゾッとする背筋。

全裸のアネモネがもう一人、ヴィオラの背後に増える。

「え……!?」

さらに、さらに、

「どうしてそんな人格に？」

「貴女《アナタ》もかつては無垢《むく》でしたでしょう？」

「きっと可愛《かわい》い――笑顔の素敵なロリだったのに」

三人。

四人。

さらに、五人と。

瞬《まばた》きごとに増えるアネモネ。

女狂《ヴィオラ》いの視界と耳朶《じだ》が、女の群れに埋められていく。

「「「「「「「ねぇ、貴女《アナタ》」」」」」」」

「ひぃッ!?」

気付けば群がられていた。

気が付かなくとも、既に埋め尽くされていた。

周囲全てが女の肉と匂いに染まる。

「ひぃいいいいいーーーーッ!? なによこれぇぇえええええッ!?」

絶叫を上げるヴィオラ。

されどその声は届かない。

彼女自身が、被害者たちの声を権力と暴力で掻《か》き消してきたように……、

「「「「「「「叫んでも無駄」」」」」」」

聖女の『軍勢』が、媚肉《びにく》の檻《おり》で吸い取ってしまっているからだ。

声も。

涙も。

血肉すらも。

「なになになになにッ!? 身体《からだ》がッ、熱いッ……まるで、溶けるように——あ……あれ、ちい、さく……!?」

ああ。

これは悪夢か。幻覚か。

最期にヴィオラは、自身の肉体が小さくなっていくのを見た。

「「「「「「「「「「さぁ酷い人。全ての罪を晴らすために」」」」」」」」」」

「あ、あ……!?」

そして。

「「「「「「「「「「「可愛い幼女になりましょうね?」」」」」」」」」」」

EXスキル超動。

——禁術解放《妖濫世界《ゴグマゴオグ》・乙女を照らす鮮血水月《ブラッドムーン》》——

「ぁ」

此処《ここ》に具現する『肉の神殿』。

この日、一人の悪女が、聖都から永遠に姿を消した。

『トリスティン新聞：春終の月／第三の水神の号』

・『聖女アネモネ』、領主イスカル伯爵より指示を受け、悪行を成していたヴィオラ女侯爵邸を襲撃。
ヴィオラ女侯爵および私兵団は全て見つからず。
強襲を事前に察知し、逃亡したとみられる。
なお、同侯爵邸からは、86名の記憶を失《な》くした女児が保護された。

イスカル「吾輩《わがはい》何も知らないんだが!?」

第十七話 ◇ 開催、異名付け大会！

「さぁみなさん～～～！　春も終わりということで～～～冒険者たちの～～～新たな『異名付け大会』を始めたいと思いますぅ～～～～～！」

『うぇぇ～～～～～～～い！』

ギルド脇の料亭兼酒場にて。

吟遊詩人ギュンターの弾き語りに、冒険者たちがクソ適当な声を上げた。

「ではぁ～～ひとりめぇぇぇ～～～。先日ギルドで騒いだ眼鏡の新人は～～～～？」

『陰険クソ眼鏡ーーーーーー！』

「はい決定～～～！」

お、すげーやメガネくん。

満場一致で決まっちゃったよ。

「――あの、ジェイドさん。『異名』ってのはなんスかね……？」

と。

『舌切《したき》り雀《すずめ》の塩焼き』食ってヒヨコくんに恐怖されてる俺に、たまたま同席した新人冒険者『剣使いエイジ』くんが聞いてきた。

ちなみにエイジくんガールズの『槍使《やりつか》いヴィータ』ちゃんに『弓使いシーラ』ちゃんも同席だ。

聞いた話によると、女の子二人はエイジくんに付いて村から出てきたとか。

モテるね～～～。

「ああ。異名ってのはあれだよ。俺の『万年三級ソロ冒険者ジェイド』とか、そういう冒険者としての呼び名だよ」

「ほほうっ」

「今回みたいにみんなで適当に決めていくんだよ。ま、『特級』連中みたいに国が決める場合もあるけどな」

やれやれ。

誰がトンチキ女のアネモネなんかに『聖女』って名付けたんだか。

「特級連中は一人以外みんな頭が終わってやがる。特にアイツらの『ＥＸスキル』には気をつけろ？　巻き込まれたら、死ぬより悲惨な目に遭うからな」

「「「死ぬより悲惨な……!?」」」

マジでやばいよ。

邪龍の俺でもちょっとまずいかもしれない。

「っと、話を異名に戻すか」

トンチキどもの話題してもしょうがないからな。

「特級連中と違って、俺ら一般冒険者の異名は周囲から雑に付けられる。でもこれが結構大事なんだよ」

「どういうことっスか？」

「臨時でパーティを組む時に役立つんだ。人柄や戦法から『異名』は付けられるから、そいつがどんなヤツかぱっとわかるわけだ」

と言うと、エイジくんは「なるほどっス……！」と頷《うなず》いた。

なんかキミ、前は俺のこと内心舐《な》めた感じだったのに畏《かしこ》まってるね？

「ジェイド先輩、他にも『お人よしのジェイド』とか『年中健康体のジェイド』とか『マルチウェポンのジェイド』とか呼ばれてるっスよね？」

そうそういうやつだよエイジくん。

「十年も活動してると異名が増えるんだわ。ヴィータとシーラもなんか聞いたことあるか、俺の異名？」

「『実は腹黒鬼畜ドSのジェイド』とか」「『受付嬢ミスティカさんの元カレ疑惑のジェイド』とか……」

「おいそれ誰から聞いた」

あることないこと言いやがって殺すぞ！

「あ、それはどっちも嘘《うそ》なんスね先輩」

「あーまぁな」

「じゃあ最近聞いた『女騎士のお腹《なか》膨らませたり全部飲ませたジェイド』っていうのも？」

あん？　アイリスにメシ奢《おご》って魔酒飲ませた話出回ってるのか。

「それは本当だが」

「「「！？！？！？！？！？」」」

って、なんでエイジくん、女の子二人を庇《かば》うんだ？

そしてヴィータとシーラはなんで顔を赤らめて目を輝かせるんだ？

「おい」

「ひッ!?　ど、どうかヴィータとシーラにそんな真似《まね》はッ！　二人はまだ15歳なんスよッ!?」

は？　なんでいきなり年齢を……ああ。

15歳だから酒は飲ませないでって話か。

「安心しろよ。無理やり誘う真似はしねーよ」

「ほっ……」

ただまぁこの世界に飲酒制限とかはないからな。

それに15歳となれば、

「身体《からだ》はほぼ出来上がってるんだ。そっちから声をかけてくれたら、俺も応えるぜ？」

「「「！？！？！？！？！？」」」

酒の一杯くらい喜んで奢ってやるよ。

若いヤツがグイグイ飲んでる姿を見るのは気持ちいいからな！

「どうだヴィータにシーラ？　大人の階段上ってみるか？」

「ぉっ、オトナの階段……ごくり……！」「み、導いて、くださるなら……っ」

おお、二人はかなり乗り気なようだ。

エイジくんの側《そば》をふらふらと離れ、俺の隣席にやってきた。

「ふゅ、ふたりともぉ～!?」

「「ジェイド先輩……♡」」

お～どうしたヴィータにシーラ。

初めての飲酒にオススメの酒でも聞きたいのか？

「じゃあエイジくんもそこで聞いておいてくれよ。さて――二人に教える『初めての味』は、何がいいかな？」

「「ハジメテの味っ……！」」

と華やぐ二人と、

「んぎゃあああああああ脳が壊れるぅうううう――――――ッ!?」

いきなり頭を押さえてぶっ倒れるエイジくん。

ってどうした!?

「は、話は中止だ！　おいエイジくんどうした!?」

「はぁ……こんな時に倒れるとか……」「空気ってものが……いえ、とりあえず介抱しましょう」

とガールズはなぜか冷たげだ。

「お前たち……？」

「前にも叫んで倒れたんだよなぁ。でも特に病気じゃないとか。困るよ」「ひ弱だったんですねぇ
この人。逆にジェイドさんは常に壮健だそうですのに……」

ヴィータとシーラは残念そうに肩を落とし、

「じゃあ、またいつか……♡」

などと、俺に可愛《かわい》らしい笑みを向けて、エイジくんを引きずりながら去っていくのだった。

「……これは……」

好きなはずのエイジくんに対し、妙に辛辣な態度。

逆に職場の先輩なだけの俺には愛想を振りまくとは……。

「なるほど、そういうことか」

俺は異世界転生者だからな。

女の子たちの不可解な様子にも納得する。

「二人は亭主を甘やかすのではなく、尻を叩《たた》くような『女房系ヒロイン』ってやつだったか！」

・寝取られヒロインである。

第十八話 ◇ 続・異名付け大会!

「では～～先ほど倒れたエイジ少年の異名は～～～～？」

『病弱夫！』『気弱な彼くん！』『幼馴染《おさななじみ》を都会に送り出したヤツ！』

「ん～～～～接戦～～～～～ッ！」

エイジくんが去った後も『異名付け大会』は続いていた。

「みんな好きだなぁこういうの」

冒険者ってのは騒ぐのが好きだ。

危険が多い職業だからかな。

事あるごとに酒を片手に集まってドンチャン騒ぎだ。

この『異名付け大会』ってのもわりとちょくちょく開かれるし、要は盛り上がる口実が欲しいだけかもしれない。

「ま、俺も楽しいのは好きだからいいけどな。……さて、このジェイドも異名付けに参戦しますか！」

『ネーミングセンスカスのジェイドは引っ込んでろ～～～～！』

「ってなんだとテメェら!?」

俺のネーミングセンスのどこがカスだこの野郎!?

作った魔導兵装たちだって食人樹《トレント》と豚鬼《トロール》で『トトロ』とか突猪《チャージボア》のハンマーで『チャーハン』とか武装怨霊《リビングウェポン》のブーメランで『ポメラ』とか、シャレが利いたやつばっかかじゃねえかよ！

「では～～彼の新たな異名は『ネーミングセンスカスのジェイド』で決定～～～～！」

『意義なーし！』

ってうるせえよ！

「また変なの増やすなーーーーッ！」

『うぇへへへへへっ』

「なんだその笑い方!?」

そうしてイジられたりしつつ、騒がしい時間を過ごしていた時だ。

「ふふ、楽しそうだな」

綺麗《きれい》な声を響かせて、女騎士アイリスが俺のもとにやってきた。

「おっ、アイリス。先日ぶりだな、調子はどうだ？」

「万全だ。右腕もすっかり動くようになって、冒険者登録も出来たよ」

そう言って首元から『Ｔｒ№３８４７．ＩＲＩＳ：Ｖ』と書かれたネームタグを取り出した。

「五級冒険者の証《あかし》だな、おめでとうアイリス」

「ありがとう、全ては貴殿のおかげだ。……そういうわけで、何か礼をしたいわけだが……」

「？」

申し訳なさそうにモジモジするアイリス。

どうしたどうした？

「あいにく、今は持ち合わせが少なくてな。だから、雑用とか……身体《からだ》を使う形でしか、お礼が出来なくて……」

「あぁそれでモジモジと」

律儀ないいやつだなぁ。

悪友のルアなんて奢《おご》った記憶も即日忘れるのに。

「別に気にしなくていいぞ？」

「いやっそういうワケにはいかないだろうっ！　たしか『魔酒』だったか？　石邪龍の毒を撥《は》ね除《の》けるようなレアアイテムを使ってくれたんだからなっ！」

あー、たしかに凄《すさ》まじい代物だからなアレ。

そんなもんを使われたら、アイリス的にお礼しないって選択はないか。

「なぁジェイドよ。一介の冒険者の貴殿が、どこであんなものを」

と彼女が聞いてきた時だ。

ちょうどよく、「ウヘェーーーーーーーイッ！」というアホみたいな叫びと共に、ギルドの扉が開かれた。

「ンひゃぁあぁァァしゅごいゾこのしゃけ〜!?　ボアの【頑強】能力がマジで宿ってるぜ〜！　おかげでルア様のルア様もビキッビキッだッ！」

現れたのは愛すべからざる悪友・ルアだった。

その手には、俺が先日アイリスに振る舞ったのと同じ『魔酒』の瓶が。

「むむ!?　ジェイドよ、彼もあの酒を持ってるぞ!?」

「ああ、実はな」

と言って、アイリスに偽装設定を教える。

「街を歩いてたら『サラ様』が急に現れてよ。〝今度発売する商品だ。試供品をくれてやる〟って渡してきたんだよ。なぁルア？」

「オォ〜ヨ！　何人かの冒険者に配り歩いてるみてぇだが、それでもオレ様のところに来てくれたのは愛だぜ愛ッ！　きっとオレのことが好きなんだよ！」

「絶対ちげえよ」

ンなわけあるかボケ。

「て、わけだ。だからアイリス、そんなに気にしなくていいぞ？　貰《もら》いものを渡しただけだからな〜」

とヘラヘラ笑う俺。

だがアイリスさんはそれでも「むむむ」と納得してない様子だ。

「ふむ……事情は分かった。が、それでも貴殿が救ってくれたことには変わりない」

「っておいおい？」

「やはりいつかお礼がしたい。身体で解決できることなら、今からだっていいぞ！」

おぉう、律儀すぎるだろアイリス。

「わかったよ。それじゃあいつか何か頼むわ」

「どんとこい！」

恩義に厚いのはいいことだ。

元女騎士様だけあって頭の固そうなところはあるが、この人柄なら嫌う奴《やつ》は少ないだろ。

冒険者として上手《うま》くやっていけそうだな。

それに比べて、

「おいルア、お前もアイリスを見習えよ？　お前ってばそこらじゅうの飲み会に突撃しては、勝手に酒奪って飲んで暴れて即酔い潰れるようなアホ野郎で」

「ぐが～～～～～～～」

「ってうぉい!?」

この野郎、いきなり俺の膝にぶっ倒れてきやがった!?

アホの奇行にアイリスもびっくりだ。

「こ、この少年、完全に酔い潰れて寝ているな」

「あぁ。戦闘中でもないのに『魔酒』飲んでデキあがってやがったからな」

あとアイリスよ、

「ちなみにコイツは少年じゃない。もう二十代後半のほぼオッサンだ」

「えぇえ!?　これで!?……貴族の若き令息か令嬢にしか見えないんだが……」

おぉう。

貴族をよく知る女騎士様が言うんだからもうお墨付きだな。

「それとアイリスよ。似たようなダチがもう一人いてだなぁ」

と言ったところでちょうどよく、

「――ンひゃぁあぁァアしゅごいでござるゾこのしゃけ～!?　ゴブリンの【狂乱】能力がマジで宿ってるでごじゃる～!　おかげで女子《おなご》とも緊張せず話せるぞッ!　あっ受付のミスティカ殿、『ふたなり』と『TS』の差について話さぬか!?」

「シロクサ氏のギルド評価を減点とします」

「たはーッきびしいでごじゃる～!」

……最悪の酔い方をして現れたのは、ポニテ侍のシロクサだった。

「あ、ジェイド殿発見!　わ～い!　ともだちんこ～!」

3歳児並みのステキ笑顔で駆けてくるシロクサ。

そんな彼の登場に、アイリスが引きつり気味に俺を見た。

「な、なぁジェイドよ。もしやあの頭がちょっとアレな和風の美人が、貴殿の友人なのか？」

「…………………普段はもう少しまともなんだよ。ちなみにアイツも三十歳のオッサンな」

「えぇ？」

スキップで駆けてきたシロクサ。

そのままヤツは、「あっはっはっはっはッッ――すぴぃ～」と、俺の手前で唐突に寝落ちした。

頭の落下先は俺の片膝だ。

「「すぴぃ～～～～～～」」

「え～～ん、野郎二人に下半身占領されちゃったよぉ……！」

不快の絶頂だよぉおおおおーーーーーーーーー！

「……でも、保護した頃のニーシャとクーシャを思い出すなぁ。二人もこうして俺の膝に……」

「「――ってうぎゃあああああ!?　私たちとお兄さんの思い出が変態二人に汚辱されてるぅううう ーーー!?」」

「ってうわぁ!?」

ギルドの窓をガシャァアアアアッと突き破って銀髪双子姉妹《ニーシャ&クーシャ》出現。

無駄に疾風迅雷の動きで野郎二人を剝がしにかかった。

が、動かない。

「ひぃ～!?　この変態チビの腕、ガチガチにお兄さんの足に絡んでる～!?」

「こっちのポニテ野郎もすごい力で絡んでます～!?」

あぁ、ルアは特殊能力【頑強】を発現してて、シロクサは【狂乱】を発現してるからな。

片や身体を硬くして、片や大興奮状態となり筋力のリミッターも外させる異能だ。

「「アイリスさんも引っぺがすのを手伝ってぇ～！」」

「えぇぇ～!?」

かくして、俺の下半身で「「すぴ～ッ！」」と眠る悪友たちと、「「「うんしょ！　うんしょ！」」」と変態を除去せんとする女性陣。

そんなアホみたいな光景は当然、『異名付け大会』中だった他冒険者たちにも見られていて……、

「……ではぁ～～～、そこの無駄に綺麗どころを侍《はべ》らせまくってる野郎の異名は～～～～？」

『残念ハーレム野郎のジェイドーーーーーーーー！』

「はい決定～～～！」

ってうるせーよボケッ！

第十九話 ◇「遊んでないで出世してくださいアナタ」

「ボアの次は、『リザードマン』が大量発生かぁ」

今日の俺は渓谷地帯に来ていた。

「ヒヨコくん、リザードマンって知ってるか？」

『ピヨピヨピヨピヨピヨピ～ヨピヨ』

「なんて？」

うんどうせ知らんだろうから説明しよう。

「二足歩行のトカゲ人間だよ。爬《は》虫類《ちゅうるい》の分際でパンチとかしやがる」

そいつらを探して岩だらけの小道を歩いていく。

他にもギルドから冒険者たちは来ているが、みんなあえて散り散りになっていた。

「強さはそんなでもないさ。豚鬼《トロール》と違ってパワーはないし、突猪《チャージボア》みたいに頑強さもないからすぐに死ぬ」

ただ。

「アイツら、爬虫類らしく『擬態』できるんだよなぁ」

というわけでスキル発動《収納空間《アイテムボックス》》、解放。

そこから鎖付き巨大ブーメラン『ポメラくん』を出し、そのへんの岩壁にブン投げた。

すると、

『シャアァッ!?』

「おー当たった」

岩肌から出る血と絶叫。

刹那、ブーメランが刺さった場所が変色。

串刺しになったトカゲ人間の死体が姿を現した。

「特殊能力【環境擬態】。この力が厄介なんだよなぁ。しかも渓谷の小道でやってくるから、集団で動くヤツほど餌食になる」

まず突然の奇襲を受けてビックリ。

ここで一瞬身体《からだ》が固まる。

そっから咄嗟《とっさ》に動こうにも、仲間がいるせいで避けるスペースもなく、剣を抜くのにも気を遣う始末だ。

結果、見事に一撃クリーンヒットを貰《もら》うわけだな。

「んで今や、ある程度散らばって動くのがベターになったってわけだ。まぁ俺みたいに目がいいヤツは、事前に察知して仕留めりゃいいんだがな」

鎖を引っ張ってブーメランの『ポメラくん』を手元に戻す。

真っ黒な見た目で目玉もあるちょっとキモい武器だ。

ちなみにコレ。

魔物『武装怨霊《リビングウエポン》』の破片を使った結果、その凶暴性が復活してしまっており……、

『――■■■■《ギシャアアア》ッ！』

「おー騒ぎ出した」

この通り、勝手に叫んで暴れる凶器と化していた。

『■■■■■■《ギシャシャシャシャ》ッ！』

『ピヨピヨピーヨピーヨピヨ!?』

『■■■《ギシャ》ーッ!?』

「叫び合うなお前ら」

こんな狂犬ブーメランになったので、改造して鎖を付けたわけだ。

鎖の末端には腕輪が付いており、《収納空間《アイテムボックス》》から具現した時に俺の腕に嵌《はま》るようにしている。

それで引っ張って戻せるわけだな。

まぁ暴れず勝手に戻ってきてくれるのが一番なんだが。

「なぁポメラくんよ。突っ張るのはもういい加減にしないか？　俺はお前と仲良くしたい」

『■■■《ギシャシャ》～ッ！』

「俺も元は『暗黒破壊龍ジェノサイド・ドラゴン』ってしがない魔物なんだ。

まぁ今は細胞を人間に変えてるから、お前ら魔物からも敵判定されちまってるけどさ」

『■■■《ギッシャ》ーーーーッ！』

「一緒に楽しくやっていこうぜ？　いがみ合うなんて疲れるだけだ。仲良く平和に友好的に。俺たちの手は暴力ではなく繋《つな》ぎ合うために、口は罵倒ではなく愛を語るためにあり」

『■《ギ》ーー■《シャ》ーーッ！』

「うるせぇな殺すぞ劣等種」

邪龍パワーを軽く込めて岩壁に投げた。

瞬間、アホのブーメランは音速となり、空気の壁を突き破りながら岩肌に衝突。

その衝撃で壁周辺に張り付いていたリザードマンどもが『シャーッ!?』と喚《わめ》きながら十匹以上落ちてきた。

お、ラッキー。

「やったなポメラくん、友情の力だな」

『■■■■《ギシャアア》～……!?』

ブーメランをまた引っ張り戻す。

ほぼ砕けてるが、スキル《物体修復《オートリペア》》で元通りっと。

よし。

「やはり友情は偉大だな」

『■■■《ギシャアア》……？』

「友の俺たちだから発揮できた力だよな」

『■《シャ》、■《シャ》ア……ッ？』

「なぁ俺たち友達だよな？？？」

『■■《ギシャ》～～ッ!?』

勢いよくコクコクと頷《うなず》いてくれた。

うんうん。

これからは『仲良くしよう』って言ってる相手に無為に噛《か》みつくのはやめような？

「さて。へばりついてたトカゲどもが落ちてきてくれたんだ」

片手にポメラくんを構え、もう片方の手には突猪《チャージボア》の頭蓋槌《づち》『チャーハン』を出す。

「マイホーム建設資金のために、狩りまくるとするか！」

◆◇◆

「貴方《アナタ》、いい加減に出世してください」

「奥さんみたいに言うなよミスティカさん……」

夕方のギルドにて。

換金を終えた俺に受付のミスティカさんが言ってきた。

「ジェイド氏のギルド『信用度』は既に三級トップです。昇級試験も面接不要で受けられますよ？」

「そりゃどうも」

冒険者には『信用度』ってもんが存在する。

精神的なヤツじゃない。

各等級内における依頼達成度。

依頼達成数。

依頼達成速度。

依頼時の怪我《けが》の頻度。

そこから算出される戦闘力。

ついでに人柄……。

それらよりギルドが統計して出した数値が『信用度』だ。

要は、各等級における冒険者としての成績だな。

「わかっておりますでしょうが、同じ等級の冒険者の中にも格差は存在します」

「ああ……同じ三級でも、三級『下位』『中位』『上位』と呼び分けたりな」

「ええ。中でも上位5％圏内に位置する『最上位』に達するのは至難の業。氏はその地位に達しています」

「お、おう。そりゃ光栄だ」

……なんか今日はすごく喋《しゃべ》るなミスティカさん。

オフの日以外でこんなに喋る彼女、初めて見たぞ？

「なぁミスティカさん、俺があんまり出世したくないのは知ってるだろ？　二級以上の冒険者ともなれば、貴族と絡むような仕事も多くなる。俺はそれがすこぶる嫌でな……」

偉そうなヤツに指図されるのはこりごりなんだよ。

俺、強く言われたら〝ハァイ！〟とか言ってとりあえずやっちゃうタチだったしな。

それで前世は上司様のイヌになって死にました（一敗）。

今は知らんけどな。

人間性、ほんのちょっとは変わったかもだし。

「これはトロールにも語ったことだが、メシを美味《うま》く食べるには〝ほどほどの忙しさで楽しく生きる〟のが一番でな……」

「ジェイド氏の枯れた人生論は知りませんが」

「枯れた人生論!?」

ま……まぁたしかに？

ギラギラした生き方とは程遠い自覚はあるけどさぁ～？

でもこうずばっと言われるとですねぇ……！

「ちょっと本気出したくなるんだが……!?　出世したくなるんだが!?」

「はいしてください。では昇級試験を受けましょうか」

「ハァイ!……って、待て待て待て待て!?　だから受けないっつの!」

ふぅ〜危なかった。

ミスティカの話術に嵌《は》められるところだった。

「罠《わな》を仕掛けるとは姑息《こそく》な手を……!」

「貴方が勝手に流されただけでしょう。貴方、気を許している相手にほど、やられっぱなしになるところがありますからね」

ぐぬぬぬ……!?

「では昇級を」

「いやしないっつの。……で、今日はマジでどうしたんだよ?　事務対応を極めたお前が」

「極めてますか?」

「極めてるよ。変なファンが湧くほどに」

そこらのにこやかな受付嬢よりなぜか人気がある始末だ。

愛想ゼロで相手にされることの何がいいんだろうか……?

「人の昇級に口出しなんて業務外のことだろ。……なのにしてきたとなると……?」

「察しましたか。はいそうです、先日就任したこの地の新たなギルド長が『冒険者たちに昇級を奨励せよ』と命じたからです」

「やっぱ仕事か」

ああうん。

どうせそんなもんだろうと思ったよ。

コイツ仕事中はマジで仕事のことしかしないからな。

「俺を枯れてるとか言えた口か……？」

「〝ジェイド氏、ギルドの若き女性職員に『枯れてる』と暴言。評価マイナス〟と……」

「って待て待て待て!?　俺の記録表に最低なこと書くな！」

「冗談です」

って真顔で言うな！　わかりづれーよ！

「はぁ……ともかく、悪いけどもうしばらくは三級でいさせてもらうわ」

「そうですか。若き才能が燻《くす》ぶったままとは、新たなギルド長も悲しむでしょう」

そ、そうなのか？

それは申し訳ないというか……！

「ええ、ギルド長の彼女はこう仰《おつしや》っていました。『上位冒険者をウチで保有しまくって、他のギルド長をざまぁしてやりたいのじゃ～！』と」

「ってマウント取りたいだけじゃねえか!?」

そんな目的のために誰が出世してやるかボケェーーーーーーッ！

第二十話 ◇ クソ姉妹と覚醒の騎士ママ

「『〝受付嬢ミスティカ。お兄さんと9分も会話。ムカつく〟と……』」

「うわぁ……」

その日の夕暮れ時、女騎士アイリスは見てしまった。

己を保護してくれた銀髪姉妹・ニーシャとクーシャが、ギルドの窓から目だけを覗《のぞ》かせ、『万年三級ソロ冒険者ジェイド』を監視している光景を。

「リ、リーダーたちよ、一体何を……？」

「「ハッ、アイリスさん!?」」

ふり向く二人。

その口元には、男物のパンツが貼り付けられていた。

「ふぁ!?」

「くっ……不覚だよクーシャ。他の人の接近に気付けなかったなんて」「仕方ないですよニーシャ。アイリスさんは足音の聞こえづらい達人の足さばきをしてますからね」

「い、いやその口元のパンツはなんだ!?」

と喚《わめ》くアイリスに、銀髪姉妹はパンツを手に取って広げ、見たこともない蕩《とろ》けた顔で、

「『何って、ジェイドお兄さんのパンツだよぉ？♡』」

「ひッッッ!?」

などと、おぞましすぎる変態発言をかますのだった……！

「うぅん、やっぱりクンクンしながら隠密《おんみつ》するのはダメだね。嗅覚を封じてなかったらアイリスさんにも気付けたのに」

「ですねぇ。こんなことしてるって万が一お兄さんにバレたら、きっとどうでもいいモンスターを相手してる時みたいな、温度が一切ない冷めた目で見られて……！」

「ごくっ……！　そ、それ、ちょっといいかも……？」

と、ドン引きの会話をしてニチャニチャクヒクヒ笑う二人。

その光景にアイリスは震えるのと同時に『やっぱりか』とも思うのだった。

「……ふたりとも、ジェイドのことが明らかに好きだからなぁ」

「『そりゃまぁね』」

察してはいた。

なにせアイリスは今、彼女ら率いる女性パーティ『妖精の悪戯《いたずら》』の宿泊拠点に居候している身なのだから。

つまり姉妹とは同居しているというわけで……、

「……夜はずっと聞こえてくるからな。リーダーたちの寝室から、その、『お兄さんお兄さんっ

……♡』という甘い声が……」

「「でゅへッ！」」

「うわなんだその笑顔気持ちわる」

率直な感想が出てしまった。

「「…………」」

「あっあっすまないっ、あまりに悲惨な笑みでつい」

「「悲惨って言われるほど気持ち悪かった？？？」」

ちょっとショックな姉妹だった。

互いに頬をムニムニほぐし、『さっきの笑みはお兄さんの前でしないようにしよう』と誓う（※実は一回しているが、ジェイドは身内に激アマなのでスルーされている）。

そんな姉妹のオリジナル笑顔問題はともかく、

「二人がときおり別行動していたのはこういうことか。ジェイドを監視していたのだな？」

「「うん。お兄さんをストーカーするヤツがいないか見守ってるの」」

「おまっ……ん、んんッ！」

お前たちがストーカーだろ変態ッ！！！　と全力で罵りたくなったが、どうにか堪《こら》えた。

アイリスはスキル《心頭滅却《セーブハート》》の適性を得た。

「まぁ、うん、彼に迷惑をかけていないのならいいいんじゃないか？　恋は乙女の特権だからな」

「「えへへっ！」」

「うん今度の笑みは可愛《かわい》い。……ところで、さっきのパンツはどうやって手に？」

「「盗んだ」」

「思いっきり迷惑かけてるじゃないか！」

つい姉妹にダブルデコピンしてしまう。

女騎士アイリスは悪徳・不正にうるさいのだ。

「「いたーいっ!?」」

「あっ、つい……いやもういいか。年上として説教するが、愛しているなら私物をパクるのはやめろ。特にパンツとか変態すぎるわ」

「「私たちに呼吸するなと!?」」

「ジェイドのパンツは酸素だったのか……!?」

未知の文化との遭遇である。

元『聖都住まい』の女騎士。

この街に来てから変態たちを次々見たりと、ゴミみたいな初めての連続だった。

「「死んじゃうよーーー!?」」

「死ぬわけないだろ」

そうツッコむアイリス。

だが、パンツなき未来を想像した姉妹たちの顔は本気で真っ青に染まり始めた。

『「じぬ～～～～ッ！」』

うっざ。

と思ってしまったアイリスである。

「はぁ」

ともかくこれは色々と駄目そうなので、

「あぁ……じゃあもうジェイドが捨てた古いパンツならいいんじゃないか？　ゴミ捨て場に置かれたものなら、まぁパクっても迷惑ないだろ……」

仕方なく妥協案を提示してやる。

アイリスはスキル《柔軟思想《フレキシブル》》の適性を得た。

「とにかく、彼を困らせる真似《まね》はやめろ。お前たちが真にジェイドを想《おも》うならな」

『「うぅ……」』

女騎士の説教に俯《うつむ》く二人。

そこでアイリスは『新人のくせに生意気だと思われたか？』と考えたが、しかし。

「――にしし っ……どうしよクーシャ、叱られちゃったや」

「――くすすっ、お兄さん以来ですね。私たちを叱ったの」

特に怒った様子もなかった。

むしろ、先ほど弾《はじ》かれて赤らんだ額をこそばゆそうに擦《さす》る姉妹。

まるで希少な体験をさせてもらったと喜んでいるように。

「お前たち……」

姉妹の様子と、ジェイド以外に長く叱られてないとおぼしき発言。

そこからアイリスは双子姉妹の来歴を察する。

「もしや、親がいないのか？」

「「うん。私たち、捨て子だったの」」

姉妹は恥じらいながら続けて言った。

盗みの技も、その時に覚えてしまったものだと。

「昔は大変だったなぁ。鼠《ねずみ》みたいにどうにか生きてきたんだけど、一回スリがバレてさ。そいつと仲間たちに路地裏に連れ込まれて、二人して集団でボコグチャにされちゃったんだ」

「骨とかもバッキバキに折られちゃいましたねえ。しかも犯されそうになるわで泣いちゃいました」

「で、咄嗟《とっさ》に脇にあったゴミ箱ひっくり返して、生ゴミを頭から被《かぶ》ったんだよね！」

「あれは名案でしたねぇ。流石《さすが》の相手がたも、『こんな汚い連中触りたくもない』って手を引いてくれて！」

……アイリスはもう、絶句するしかなかった。

「……なん、て……」

なんて惨《むご》い過去なのだろう。

豊かな聖都育ちの彼女には、想像するだけでも苦痛だった。

「だけどそこでもう終わり。手足折れてるし、お腹《なか》は空《す》いてるしで、限界だったよ。でもその時」

「お兄さんが、助けてくれたんです。……あの人、優しすぎですよね。私たち、ゴミまみれで這《は》いつくばりながら、拾ったガラス片を向けて『金を出せ』って言ってきた、蛆虫《うじむし》だったのに」

気付けば二人は、治療院の暖かなベッドに寝かされていた。

そして足元の座椅子には、自分たちが襲ったはずの男が、付きっきりで眠っていて……。

「……それで何年か、ジェイドお兄さんに養われることになったってわけ」

「おかげで今ではピンピンしてます。彼ってば学習塾にも通わせてくれて、今や『魔術系《マギア》スキル』にも目覚めちゃったり」

笑う二人に、アイリスは「……そうか……」と一言発するしか出来なかった。

幼い姉妹にはあまりに苛酷な過去だった。

今、こうして笑顔でいられることが奇跡だろう。

「話してくれてありがとう、リーダーたちよ。二人がジェイドを慕う理由がわかったよ」

彼がいなければ少女たちはどうなっていたかわからない。

そして、それはアイリスも同じだった。

「私も同じく救われた身だ。二人の気持ちには及ばないかもしれないが、ジェイドにはとても感謝しているよ」

「「アイリスさんも私たちと似たような状況らしかったからね」」

「そういえば、そうだな」

と苦笑する。

アイリスもまた、動かない腕を抱えて、垢《あか》まみれで腹を空かせていたところをジェイドに助けられたのだ。

奇《く》しくも姉妹とどこか似ていた。

「うん……ならば訂正しよう。私も二人と同じくらい、ジェイドには感謝しているよ。ゆえに」

女騎士はそっと姉妹の肩を抱いた。

「ニーシャにクーシャ。微力ながら、二人の恋路を応援しよう……！」

「「アイリスさん……っ！」」

夕暮れの中で結ばれる絆《きずな》。

成り行きで仲間となった彼女たちは、この時初めて通じ合った。

「「じゃあ——取得難易度ＳＳＳ『お兄さんの赤ちゃん汁』を盗んできてもらっていいです!?」」

「ぶっ殺すぞ」

アイリスはスキル《心頭滅却《セーブハート》》と《柔軟思想《フレキシブル》》に目覚めた。

超絶本気で処刑する気の鉄拳を、〝食らってもギリギリ気絶寸前の悶絶《もんぜつ》で済むゲンコツ〟に変えてアホ娘たちに振り下ろす。

「「うンぎゃあ～～～～～～～～～ッ!?」」

頭を抱えて絶叫を上げる姉妹。

そんな二人の首根っこを猫のごとく掴《つか》み、女騎士は彼女たちを睨《にら》む。

「その魂に反省なくば処刑しても仕方ない。お前たちがまともになるよう徹底教育してやるッ！」

「「鬼ママだ～～～!?」」

アイリスはスキル《育児保育《グレートマザー》》の適性も得た。

ニーシャ「実は私たちのパーティ『妖精の悪戯』の6人全員～」
クーシャ「お兄さんに救われた娘《こ》たちだったりします♪」
ニーシャ「抜け駆けしないよう、お互いを監視しあってま～す☆」
アイリス「お前たちは気持ち悪いしジェイドはジェイドで救いすぎだろ……!?」

第二十一話 ◇ 変態の家で遊ぼう！

暑い季節がやってきた。

夏虫《セミ》も少しだけ鳴きだした。

初夏だな。

「今『ショタ』って考えたでござるか？」

変態《シロクサ》もなんか鳴きだした。

「考えてねえよ」

変態侍のゴミテレパシーを否定しつつ、かき氷をしゃぶしゃぶ食べる。

「ん〜、美味《うま》いな」

今日はシロクサの屋敷にお邪魔していた。

なんとこの天然アホ侍、そこそこ大きな武家屋敷住まいだったりする。

「他の者は出払っているでござるからな。存分にくつろぐとよい」

「おうサンキュー」

彼の率いるパーティ『防人《さきもり》の刃』の宿泊拠点でもあるのだが、元々はシロクサ一人に実家が与えたモノだ。

実はコイツはおぼっちゃまなのだ。

「シロクサの家はデカい氷室《ひむろ》があるからいいな。おかげで真夏でもかき氷が食える」

「ふははそうだろう。ほれ、ヒヨコ殿もかき氷食べるとよい。いちごシロップかかってるぞ？」

『ピヨピヨ……ピャーッ!?』

興味深そうにつついたが、一口で飛び上がってしまった。

『ピヨピヨピヨピヨピ～ヨピヨッッッ!?』

「ひえっ、めっちゃ怒ってるでござるッ!?」

「そもそもヒヨコにかき氷やるなっての」

鳥類の食性的によくないんじゃないか？

……いや、実はこのヒヨコ、何食っても腹を壊すとかそういう体調不良は一度も起こしたことないんだけどな。

『魔の森』で生きていただけあってタフなんだろうか？

「ヒー坊、いつかシロクサをつっつけるくらい強くなれよ？」

『ピヨー！』

「やめてほしいでござる～!?」

とアホ会話をしつつ氷菓を味わう。

夏の屋敷にかき氷。

まさか転生先で前世より日本っぽい体験ができるなんて思わなかったな。

これで隣にいるのが黒髪ワンピース美人お姉さんだったら物語になるが、

「ところでジェイド殿よ。アヘ顔Wピースとはアヘ顔Wピース自体がエロいのではなく『元は綺麗《きれい》な顔してアヘ顔Wピースという下劣なポーズをしている』というシチュエーション自体に興奮するものと気付いてな」

……隣にいるのは黒髪Wピース美人おじさんだ。

こんな物語打ち切りだよ。

「ふふ。真面目でクールな拙者が実はちょっとえっちだと知るのはジェイド殿くらいでござるからな。つい舌が回ってしまう」

「そ、そうか、そりゃよかったな」

……先日の『魔酒』飲んで【狂乱】騒動で、結構な人数に秘めたるドン引き成分を見られてるんだけどな、お前。

まぁ本人は記憶すっ飛んでるし、周囲もあえて触れないようにしてるからいいか。

「ジェイド殿には恩義もあるゆえ、かき氷くらいいつでも食べに来るとよい。おぬしにはかつて、『味噌《みそ》』を復活させてもらった恩義があるからな」

「懐かしいな」

コイツと出会ったばかりのことだ。

最初は日本人の生き残りがいると知って『これで和食が食える！』と思ったのだが、

「和食の命の味噌がなぁ。まさか作れなくなってるとは」

「うむ……祖先たちも手記で嘆いていたでござる……」

そう。

作り方自体は伝えられていたのだが、味噌作りに肝心な『ニホンコウジカビ』が存在しなかったのである。

なにせ日本にしかいないカビだったりするからな。

実は味噌ってのは奇跡の調味料なんだよ。

「驚いたでござるな～。ジェイド殿が種麹《たねこうじ》を持ってきた時には」

「あーまぁな」

さて、日本人がいるのに味噌がないと知った俺は、爆速で日本列島まで飛んでいった。

もう終わっていたよ。

世界中に魔物が発生した影響で、日本人は完全に絶滅していた。

ちょっと悲しくなったな。

別にここの日本は俺の生まれた日本じゃない。

たぶん鎌倉時代だかに魔物が湧いて、そっから歴史が分岐したんだろう。

が……それでも俺の生国の名を冠する国だ。

だから、我が物顔で闊歩《かつぽ》していた魔物の『鬼』どもを絶滅させてやった。

そっからは状態のいい味噌蔵を探して種麹を生成。

また爆速でここ旧英国《ブリタニア》に戻ってきたわけだ。

「マジびっくりしたでござる。たしか、ジェイド殿の生まれた村にて作られていたものだったか。和食もそれゆえ知っていたとか」

「ああ、俺の先祖も日本人だったらしい」

そういう設定になっている。

ちょうど俺が黒髪で、前世に近しい東洋風の姿をしているからな。

シロクサはあっさり信じてくれた。

ある意味嘘《うそ》ではないしな。

「……もう故郷は魔物に滅ぼされちまったし、親とは会えない身になっちまったがな」

それでも故郷の味が楽しめるのは幸せだ。

そう呟《つぶや》くと、シロクサが「ジェイド殿ッ！」と目をうるうるさせながら手を摑《つか》んできた。

「ってなんだよ!?」

「おぬしと拙者は共にルーツを同じくする身！　ならば拙者らは家族！　兄弟のようなものでござるッ！」

って嫌だよお前みたいな兄弟ッ!?

「ゆえに和食くらいいつでも食べに来るといい！――毎朝、みそ汁を飲ませてやるッ！」

「はぁ!?」

などとアホ侍がプロポーズの常套句《じょうとうく》めいた言葉を吐いた、その時。

「「「わ、若……!?」」」

襖《ふすま》がガラッと開けられ、シロクサの従者である武人三兄弟が顔を覗《のぞ》かせた。

俺が手を取られながら、〝毎朝、みそ汁を飲ませてやるッ！〟と言われたタイミングで、だ。

「「「あっ……ごっ、ごゆっくりーーーッ！」」」

そして去っていく武人たち。ってオイオイオイオイッ!?

「お前ら待て待て待てッ！　何か勘違いしているぞッ!?　シロクサはあくまで俺を家族にしたいってだけでだな!?」

「「「やはりそういうことだったか!?」」」

「ってあーーーー違うッ！」

お前らの考えてる家族の方向とは、絶対ちがーーーーーーう！！！

第二十二話 ◇ 遠征、『開拓都市アグラベイン』①

頻発している魔物の大量発生現象。

例のアレが、隣領『開拓都市アグラベイン』の周囲でも起きているらしい。

「一体どうなってんだか」

馬車に揺られて街に向かう。

この馬車は現在パニック中の隣領のギルドが出してくれたものだ。

要は助《すけ》っ人《と》便だな。

向こうの領主は自前の戦力でどうにかしようと思ってたらしいが、『冒険者ギルド・アグラベイン支部』のマスターはもうアカンと判断。

で、こちら『開拓都市トリスティン』のギルドに救援を求めたとの噂《うわさ》だ。

「なんかお尻いてえなー」

「『アグラベイン領』に入ったあたりからだよな」

「こりゃ街道舗装あんましてないな」

ブーブーと不満を吐く同乗者たち。

俺と同じく助っ人に向かっているトリスティンの冒険者仲間たちだ。

「向こうの街、上下水道の完備がまだって話らしいぞ?」

「万が一の医療環境は整ってるのか? 『瀉血《しゃけつ》』で万事解決なんて治療はもうやってないよな?」

「双子は不吉って迷信がまだあるとか……」

どいつもすっかり現代っ子である。

俺が領主イスカルのケツ蹴って、爆速で最新環境にした街で育ったおかげだな。

「お前ら、あんまグチグチ言うのはやめてやれ。隣領の馬車の御者さん、すごい心苦しそうな顔になってるから」

「「「へーい」」」

御者さん追い詰めてもしゃーない。

土地の文化レベルが如何《いか》ほどかは、領主の采配によるからな。

「……イスカル卿《きょう》も言ってたなぁ。特に貴族は、自分の信じていた文化を変えたがらないって」

さて。

隣領には昔行ったきりだが、どうなっているだろうか?

「昔は酷《ひど》いありさまだったが、隣のトリステインが発展しまくってんだ。それなりに影響受けてるはずだろ」

ガタガタする道にちょっと不安を覚えつつ、俺は『開拓都市アグラベイン』に向かっていった。

◆
◇
◆

「って――なんも成長しとらんやんけええええーーーーーッッッ！！！」

街に着いた瞬間、俺は叫んだ！

「ウンコとか脇道に捨てられてるやんけッ!?　野良犬とかネズミとか害虫がそこら走ってるやんけッ!?　路地裏には浮浪者とか寝てるやんけッ!?　クソクソクソクソがあああああああああああッ！！！！！！」

　はあああホンマクソもうやってられませんわああああああああああああああああああああああああああああああああああーーーホンギャアアアアアアアアアアああアホ氏ね！！！！！！！！！！！！！！！！！！！

！！！！！！！！！！！！！！！！！！！！！！！！！（クソデカ溜《た》め息《いき》）（お嬢様化現象）（コーナーで差をつけろ）（朝青龍）

期待した俺が馬鹿だったよ！！！！！！！！！！！！！！！！！！！！

ハイッ、もう終わり！！！！！！！！！！！！！！！！！！

解散解散！！！！！！！！！！！！！！！！！！

「ううぅぅぅぅぅぅぅ……なんだかジェイドくんは涙が出てきたよ……！」

「ジェ、ジェイドが壊れた」

「うわマジで泣いてるよ、お前の情緒どうなってんだ……？」

「てか御者さん気遣って悪口止《と》めたお前が、ここで一番ヘイトスピーチかますのかよ……！」

うるせーうるせー！

「俺は今いつまでも成長しない人間の愚かさに絶望してるところなんだよ。ハッ、そうか、魔物を生み出した上位存在はきっとそれゆえに人類を滅ぼそうと!?　つまり魔物とは世界を浄化するための『白血球』で！」

「「「なんか悟り始めたよコイツ」」」

いやマジでこの理論で合ってるって魔物《おれ》の本能が告げてるわ。

「……だから人類の歴史が酸鼻を極めていく十世紀ごろに、魔物はこの世に出現したのか……？」

どうしよう。

街から漂うウンコの臭いで、世界の謎にちょっと気付いちゃったよ。

「はぁ……とにかく決めたわ。速攻で大量発生した魔物ども狩り尽くすぞ」

この街は最悪だが、住んでる人たちに罪はないからな。

そんで速攻で帰るぞ！！！

「さぁお前ら、そうと決めたらギルドに行くぞ。『万年三級ソロ冒険者ジェイド』についてこい」

「「「三級のくせに仕切るなよ……！」」」

うるせえ、行こう！！！！！！！！！！！！！！！！！！！！！！（※外は臭いから）

【今回の登場人物】

俺：こ　わ　れ　る。

「あぁ、よく来てくださいました……！」

隣領の冒険者ギルドに到着した俺たち。

出迎えてくれたのは、目を閉じた修道服の女性だった。

胸もおっきなかなりの美人さんなのだが、

「「巨乳修道服――うっ、『聖女アネモネ』ッ!? 幼女にされるッッッ！」」

冒険者たちが狂乱しかける。

彼らは大概軽薄で女好きだ。

それゆえ、見た目だけは絶世の爆乳美女シスターなアネモネをナンパし、恐ろしい目にあったのだろう。

「？ みなさまどうされたのです……？」

「いえお気になさらず。お気付きのようですが、自分たちは『隣領トリステイン』より救援に来た者たちです。ちなみに自分の名はジェイド。どうかお見知りおきを」

ジェイドくん、よそいきモードである。

「それでアナタは？」

「まぁ、隣領の冒険者は礼節の心得もあるのですね。ええ、わたくしはアルベド。『女神教』の副司祭をこなす傍ら、この地のギルドマスターも務めている者です」

おお、そりゃ才媛だ。

『女神教』はこの世界の国教で、人類に魔物と戦う力を与えた『女神ソフィア』を奉ずる宗教だ。

ちなみに影響力は絶大だ。

だって『女神ソフィア』、数百年前に実際に降臨して、人類に『神聖領域』やスキルを与えて助けたんだからな。

それ以外の宗教は全部かすんじまったよ。

「その若さで副司祭の上、冒険者ギルドのマスターとは。本当に凄《すご》い」

「いえいえ……。こんな肩書き、何の意味もありません。なにせわたくしは、独力でこの地を守れなかったのですから」

閉じた瞳でアルベドさんはギルド脇を見る。

そこでは、傷だらけの疲れ切った冒険者たちが受付嬢より治療を受けていた。

これは……、

「失礼ながら、治療院には向かわせないので？」

「もうこの街の治療院はどこも満床です。それゆえ仕方なく、空いた講堂や教会、それにギルドを仮の医療所としています」

「そりゃ拙《まず》いだろ」

思わず面と向かって言ってしまった。

いやマジでやばいぞ。

「そう、ですよね。これだけの数の冒険者が倒れている現状は……」

「それだけじゃない。問題は、この地の衛生環境にあります」

脇道に落ちた排泄物《はいせつぶつ》。

街中を走る犬とネズミと害虫。

そして放置された浮浪者たちとくれば、

「感染症です。怪我人《けがにん》たちにとって、この街はどこも、あらゆる感染症にかかるリスクがある」

「かっ、感染症……それはたしか、『瘴気《しょうき》の病』のそちらでの呼び名の……」

「さらに。分散した怪我人が各地で感染症を起こせば、そこを起点としてさらに病原体の拡散が広まっていく。今この街は本当に危ない状況にある」

と、語ってもあまりピンとこないか？

アルベドさんの知識レベルはわかったよ。

この人は感染症を『瘴気の病』と言ったからな。

暗黒時代の西洋では、感染症は瘴気（悪い空気）からかかると信じられていた。

んでこの世界は暗黒時代から地続きだ。

ゆえに俺が『暗黒令嬢サラ』として知識を広めるまでは、その微妙に間違った迷信が信じられていた。

というか今でも信じられている、だな。

トリステインの街以外ではよ。

「サラの知識はこの街に伝わっていないので？　距離があるとはいえ、隣領ですが」

「……ある程度は聞き及んでいます。しかし彼女は人間かどうか怪しいため、『女神教』の本司祭様は彼女の知識を受け入れるなと……」

「それで死人が出たら意味ないだろ」

ここで宗教問題か。

いやイスカル卿《きょう》のぼやきにもあったな。

貴族だけじゃなく『女神教』上層部もクソ面倒な連中だと。

「申し訳、ありません……。本部からのご通達とあらば、わたくしも聞かぬわけには……」

「……いえ、構いません。信仰心の軋轢《あつれき》もあるでしょうから」

アルベドさんはもう仕方ない。

これぱっかりは彼女個人の問題じゃないからな。

それに怪我人を各地に収容する判断も満点じゃないが正答だ。

もし道端で野ざらしの治療とかだったら感染爆発ＲＴＡだったぞ。

「問題は、この地の領主だ。一体これまで何をしていたので？　そもそも領主がもっと早くに救援を求めるなり、怪我人の移送をこちらに願うなりすれば、こうはならなかっただろうに」

「それは……申し訳ありません。曰《いわ》く、領主様はそちらの領のイスカル伯爵様が〝気に食わない〟とのことで」

は？

「それで、借りを作りたくないんだとか」

「なるほど……」

あーーうん。

イスカル卿のぼやきにこれまたあったな。

貴族はプライドめちゃ高いって。

それで、ワガママかましてこの惨事か。

ふざけるな。

「……噂《うわさ》にもなってたしな。今回の救援依頼は、マスターのアナタが独断で行ったことだと」

「ええ。ギルドマスターはその地の領主の指揮下にありますが、わたくしはソレを破った形になりますね……」

アルベドさんは怯《おび》えを孕《はら》んだ笑みを浮かべた。

待ち受ける運命に恐怖しているようだ。

「れっきとした貴族様への反逆です。後々、かなりの罰を受けるでしょう。気分次第では、死刑にだって処されるでしょうね……！」

ですが、と。

彼女は俺たち全員をゆっくりと見据え、

「わたくしはどうなっても構いません。ですからどうか、この領地をお救いください！」

そう言って、深々と頭を下げるのだった。

ああ——これを断る選択肢などない。

「任せろマスターさんよ！」

「オレたちで何とかしてやるッ！」

「この地の平和は任せとけ！」

笑顔で頷《うなず》く冒険者仲間たち。

どうやら心は一つのようだ。

「みなさん……っ！」

「もちろん俺にもお任せを。今ここにいる連中以外にも、次々と救援が向かっていますので」

さぁ、そうと決まれば出撃だ。

今回ばかりは俺もちんたらやらないさ。

お前ら行くぞと言ったら、「「「だから三級が仕切るなよ」」」と言われてしまった。

ぐぬぬぬぬ。三級差別だ！！！

「あぁ、本当にありがとうございます、みなさん……！」

涙すら浮かべて礼をするアルベド。

俺は去り際、そんな彼女に一言小声で告げていく。

「安心してくれ。この一件が終わっても、アンタが罰せられることはないさ」

「えっ？」

この地の領主は、邪龍を不快にさせたからな？

モンスターの大量発生地点。
それは街を出たところにある『墓場』だった。
「厄介だな」
この世界では墓を都市部に作らない。
なぜなら、
『ガガガガガガガ――ッ！』
『アァアァァァアッ――！』
進軍を続ける『骨人《スケルトン》』と『死人《ゾンビ》』ども。
そう。
今や人間の死体は、魔物として復活するようになってしまった。
頻度こそ少ないが一度蘇《よみがえ》ると厄介だ。
コイツらは痛覚ってもんが一切ない。
マジでぶっ壊れるまで暴れ続けるからな。
「ぉ――お前たちは、『開拓都市トリステイン』からの救援か!?」

「あぁっ、やっと来てくれたーーー！」

「頼むッ、もうオレたちは限界だ！」

死体どもと戦っていた数十人の冒険者たちが叫ぶ。

状況は見るからに最悪だ。

まさに戦場がごとく土嚢《どのう》のラインを引いて戦っているが、誰も彼も傷だらけだった。

これ以上は彼らが死体になりかねない。

「後は任せてくれ。——全員ッ、行くぞ！」

『オォオオッ！』

土嚢を飛び越え最前線に躍り出る。

すぐさま俺たちに死体どもが突撃してきた。

「さてやるか。まずはこの武器だ」

スキル発動、《収納空間《アイテムボックス》》解放。

「いくぞポメ」

『■■■■■■《ギシャアアアア》ッ！』

異空間から具現したのは武装怨霊《リビングウェポン》の大ブーメランだ。

それを剣として死人《ゾンビ》どもの首を斬り落としていく。

こいつらは頭を刎《は》ねれば倒れ伏す。

「そして」

さらに《収納空間《アイテムボックス》》解放。

次に出したのは突猪《チャージボア》の頭蓋骨巨大槌《きょだいづち》だ。

「致命部位のない骨人《スケルトン》は、微塵《みじん》に砕けばいいってな」

ドンッッッ！　と鉄槌《てつつい》。

頭から足元まで一気に砕いてやった。

「まだまだ行くぞ」

二種の死体は二つの武器で次々抹殺。

さらに、遠方にて疲労していた『アグラベイン』の冒険者が危なくなれば、弓に切り替え援護射撃だ。

「死なせねえよ。メシが不味《まず》くなるからな」

俺が見てる範囲では、胸糞《むなくそ》悪い悲劇はナシだ。

◆　◇　◆

「これが、『トリステイン』の冒険者たちか……！」

『開拓都市アグラベイン』の面々はその戦況を見守っていた。

当初は共に戦っていた彼ら。

されど満身創痍《まんしんそうい》の今の身では足を引っ張ってしまうことも多く、自然と後退を余儀なくされていた。

「援軍に任せるばかりで心苦しいと思ったが……」

土嚢の裏で応急処置を行いながら戦場を見る。

そこでは、様々な武器を使う青年を始め、多くの実力者たちが激しく暴れ狂っていた。

「万年三級のジェイドに負けるかーっ！」

「オレたちも行くぞ！」

「大活躍して、ヴィータとシーラの愛を取り戻すんだーーーっ！」

強い。

駆け出しに見える若者すらもが、自分たちとは動きが違う。

「な、なんでこんなにこっちと違う？　見た目だけなら、『トリステイン』の連中はなまっちろいヤツも多いのに」

そこで、ハッと気付いた。

そう。向こうの冒険者たちは妙に身綺麗《みぎれい》なのだ。

武具は清潔。

傷跡は少なく、あったとしても酷《ひど》く薄い。

「オレたちが想像している『ベテラン冒険者』の姿とは真逆だ」

使い古されたボロい武具と、歴戦を語る傷跡の数々。

そんな擦り切れた姿こそ実力者の証《あかし》だと思ってきた。

だが。

「……そうか。『トリステイン』はやたら清潔さにこだわった土地と聞く。だから傷の治りも早いんだ」

そして傷が悪化せずにすぐ治るということは、

「それだけ、『戦闘経験』が積めるんだ！」

それが彼らの強さの秘訣《ひけつ》だった。

ある邪龍《オトコ》により普及された現代の衛生知識と衛生観念。

それは冒険者たちの現場復帰速度を間接的に爆増させた。

結果、

「スカスカの骨人《スケルトン》なんて俺の鍛えた拳で一撃だぜ！」

「死体系魔物《アンデッドモンスター》の相手は何度かしたことがあるッ！　対処の仕方はもうわかってんだよ！」

「最近目覚めた新スキルで片付けてやる！」

『トリステイン』の者たちは、異様なほどに強くなった。

まったく不思議な話ではない。

人間は鍛錬と経験を重ねるほどに強くなる生き物だ。

とりわけこの世界では、才覚を伸ばせばスキルに目覚めることもあるのだから。

「こりゃ敵《かな》わねぇわけだ……」

もはや呆《あき》れて見守るしかない。

嫉妬の情はなかった。

なにせ『トリステイン』の者たちは、余所《よそ》の冒険者たちが傷を治すまでの時間を次なる戦闘に当て、順当に成長しただけなのだから。

要は、倍の密度で努力した者たちが倍強くなっただけなのだ。

「才能じゃなく、環境で強くなれることもあるのか……」

自分たちも、『トリステイン』に行ったらこうなれるのだろうか。

もはや急成長など諦めていた『アグラベイン』の者たちに、期待の炎が密《ひそ》かに宿った。

第二十五話 ◇ アルベドの後悔

「本当にすごい…………！」

戦況を見守っていたのは街の冒険者たちだけではない。

副司祭にしてこの地の冒険者ギルドマスター・アルベドも戦場よりほど近い場所に出てきていた。

無論、暢気《のんき》に見学に来たのとは違う。

「そっちシーツもうないー!?」

「《収納空間《アイテムボックス》》解放！　はいっ、追加のシーツね！　あと補給液も！」

「《鑑定《アナライズ》》！　あぁこのひと傷が内臓に達してるうえ破傷風にまでかかってるっ。治療優先度《トリアージ》：一位《レッド》！　開腹手術と洗浄消毒準備急いで！」

目にも留まらぬ速度で展開されていく『野戦病院』。

それを為《な》している者たちは、ジェイドらの到着よりすぐさま続いてきた医療系技術持ちの冒険者集団だ。

彼らに〝交替しながら墓場の前に陣取る形で、一週間近く街の冒険者に戦ってもらっている〟と明かしたら、開口一番『バカじゃないのッ!?』と叫ばれ、戦場ギリギリのラインでの治療が決定した。

曰《いわ》く『もう街の冒険者たちは体力ギリギリだろうし、都市部に運び込むまでの間に死にかねない。というかこんな不潔な街で治せるか』とのこと。

まったく恥ずべき限りである。

「ほら『開拓都市アグラベイン』のギルマスさんッ、前線からの患者運搬手伝ってくる！　行ったった行った！」

「は、はいっ！」

命じられるままに駆けるアルベド。

指示を出した者は四級のタグを着けていた気がするが、そんなことは気にしてられるか。

自分にできることを最大限為すため、ギルドマスターは既に何往復もしていた。

かつて負った全身の古傷が痛む。

「はぁ、はぁっ、『トリステイン』の方々は、みんなこんなにも違うの……！」

前線で戦う者たちだけではない。

後方支援に務める者たちすら、優れた知識と技術を持っている様子だった。

「これが、彼らの強さの秘訣《ひけつ》……！」

衛生環境と衛生意識は冒険者たちの傷を治りやすくさせた。

そして、異端とされる医療知識と医療技術は、冒険者たちを怪我《けが》による引退や死から救いあげた。

結果、数多《あまた》の任務を熟《こな》してなお現役な『熟練者《ベテラン》』の大軍勢が誕生。

そんな者たちが『若年者《ルーキー》』を守り導くことで、さらに全体が死にづらくなったのだ。

「わたくしは、間違っていた」

もっと隣領のことを知っておけばよかった。

この地の司祭が『暗黒令嬢サラ』を異端視し、彼女の齎《もたら》した知識を聞くなと命じようが、無視すればよかった。

この地の領主が『聖人貴族イスカル』を疎んで、彼の広めた技術を用いるなと命じようが、無視すればよかった。

「うぁあああぁあぁあぁッ…………！」

気付けば走りながら泣いていた。

大人げもなく涙を流していた。

「ごめんなさい、ごめんなさい、ごめんなさいっ」

脳裏を過《よぎ》るのは、街の冒険者たちの死亡した姿だ。

この一週間で既に多くの死者が出ていた。

「わたくしが、もっとしっかりしていれば……」

ジェイドという冒険者との会話を思い出す。

冒険者らしからぬ理知的さと穏やかさを感じる青年だった。

だが話が進む中で、自分が〝教養ゆえ、隣領のことは学んでない〟と言った瞬間の『それで死人が出たら意味ないだろ』という鋭い一言は、ああまさにその通りだった。

ギルドマスターとして意志を強く持っていれば、冒険者たちは死ななかったと思うと、後悔と不甲斐《ふがい》なさで涙が止まらなくなった。

その時だ。

「なんか知らねーけど、今は泣いてる時じゃねーぜ?」

「ごめん、なさい……ッ!」

「で、ござる」

双つの疾風がアルベドを追い抜く。

目にも留まらぬ速さで戦場へと吹き荒《すさ》ぶのは、拳と刀を握り締めた二人の勇士だった。

「彼らはっ、『剛拳のルア』に『絶剣のシロクサ』!?」

肖像絵札《ミニアチユールカード》も出回っている有名冒険者たちだ。

二人は死体系魔物《アンデッドモンスター》たちの前に身を躍らせると、宿したスキルを解放する。

「魔術《マギア》スキル、《強化術式《エンハンス・スペル》》発動!」

「戦巧《ベルム》スキル、《抜刀加速《サムライ・ソード》》発動!」

超常の攻撃力と攻撃速度を得る二人。

彼らはそれぞれ敵に突っ込み、爆散させるように薙《な》ぎ払っていった。

さらに、

「ぎゃーーッ!?　あの変態たち、いの一番にお兄さんの下に駆けつける気だよッ!?」「させませーんッ！　お兄さんの人生のヒロインは私たちですッ！」

「なぜ男たち相手に対抗心燃やしてるんだ……？」

銀髪姉妹と金髪の女騎士がそれに続く。

「あれは、『天才少女ニーシャ&クーシャ』！」

彼女たちもまたアルベドの知る有力冒険者だ。

幼くして数年足らずで二級最上位層に名を連ねた才媛と聞く。

さらには女性だけのパーティ『妖精の悪戯《いたずら》』を率いているらしく、となればあの女騎士はそのメンバーと言ったところだろう。

「魔術《マギア》スキル、《火炎術式《レッド・スペル》》発動！　ファイアーブーストッ！」

「魔術《マギア》スキル、《流水術式《ブルー・スペル》》発動！　スプラッシュブーストッ！」

姉妹は背後から紅蒼《こうそう》の術式陣を展開。

炎と水を激しく噴射し、猛スピードで戦場へと翔《か》けた。

極めて緻密な魔術使用である。

展開座標を常に背面零距離に設定せねば推進力としては使えず、また一度でも皮膚に座標を食い込ませれば肉が術式で吹き飛ぶだろう。

それに対して無名らしき女騎士は、

「スキル《高速走法《スピードラン》》《拡大視野《イーグルアイ》》発動。精神《マインド》スキル《心頭滅却《セーブハート》》《柔軟思想《フレキシブル》》発動。戦巧《ベルム》スキル《断剣重化《ギガ・ブレイド》》発動。魔術《マギア》スキル《疾風術式《アズール・スペル》》発動――エアリアルブースト」


常識外の多重スキル使用である。

一瞬にして暴風となって突き進む彼女に、アルベドは冷や汗を掻《か》いて鼻白む。

「まさ、か、本当に――『聖都』の騎士!?」

騎士〝らしい〟格好をしていると思ったが、違った。

あのスキルの数々に、姫君のごとき美貌。

間違いない。彼女は確実に、優生学的婚姻が常識となっている『聖都』出身の優等人種《ハイヒューマン》だ。

「こんな……これほどまでに……」

今や隣領『開拓都市トリスティン』は、気高い『聖都』の人間すら冒険者として居付くような地と化しているのか。

騎士を辞してもいいと思うほど、かの地の冒険者ギルドは居心地がいいのか。

「ルアの兄貴に続け～！　『防人《さきもり》の刃』に遅れるな！」

「ぬぅッ、邪魔だぞ『英雄の夢』の連中め！　シロクサ様ッ、ただいま向かいますぞ！」

「『妖精の悪戯』もお姉様たちとお母様を追いますわよ〜！」

筆頭冒険者たちのパーティメンバーも続き、続々と戦果をあげていく。

この『開拓都市アグラベイン』の冒険者たちでは対処しきれなかった魔物たち。

それが、ゴミのように狩り尽くされて散っていく。

「……ここまで、なんですね……」

これが隣領の圧倒的力。

「ここ、まで、なんですねぇ……！」

新しき技術と知識。

それを受け入れていれば、『冒険者』はここまで強くなれたのか。

そうなのか。

「あぁ……女神ソフィア様……」

修道女アルベドは涙を拭った。

言われた通りだ、今は泣いている時ではない。

一人でも多く救うために行動する時なのだ。

それに、

「わたくし、決めました」

決断の場面に、涙など不要。
元冒険者《ギルドマスター》・アルベドは、強い決意を胸に宿した。

第二十六話 ◇ 終局のアグラベイン

『大量討伐っ、お疲れ様でしたーーーーっ！』

『かんぱーーーーーーいっ！』

その日の夜。

俺たち冒険者は、街一番の大きな酒場（※徹底洗浄済み）で大宴会を開いていた。

題して『大量発生した魔物の討伐・お疲れ様会』だ。

そのまんまだな。

「それでなぁ聞いてるかぁジェイドよ？　詳しくは秘密だが、あの姉妹は変態でなぁ。他の『妖精の悪戯《いたずら》』メンバーも地味にやばいぞ。全員説教してやったわッ！」

「はいはい聞いてるよアイリス」

で、俺の前にはグデグデに酔ってる女騎士さんが。

すっかりパーティの者たちとは馴染《なじ》んだらしい。

「しかもなぁ、よく朝起きると、みんなして私のおっぱいを吸ってたりなぁ……」

「ってお前モテモテになってるじゃねえか」

何がどうしてそうなったんだよ。

「だからなぁジェイドよ、手を出すなら毒を飲む気で覚悟してだなぁ……」

「出さねーよ。『妖精の悪戯』ってみんなピチピチの十代じゃねえか。それに手を出すのは」

「私はもう二十代だ。ピチピチじゃなくて悪かったな?」

「い、いやそんなつもりは!?」

ぷー、とアイリスはふてくされてしまった。

……コイツちょっと酒癖悪いな。

だが、

「「アイリスさーん! コモリちゃんが酔って吐いて倒れた～!」」

「なにッ!?」

姉妹の叫びにアイリスは即正気になってダッシュ。

ぶっ倒れている『妖精の悪戯』メンバーを抱え起こし、その頬をペチペチと叩《たた》いた。

「しっかりしろコモリっ。意識は……うん、あるな。ほら、ゆっくりと水を飲んで、それから呼吸に集中するんだ。吐瀉物《としゃぶつ》が喉に詰まると窒息することもあるからな」

「うぅ……ママ……?」

「まだママと呼ばれる歳《とし》じゃないっ! それよりもほら、私と一緒にすーはーしよう」

……あーなるほど。

アイリスが好かれた要因がわかったよ。

「思えば、女子供を不幸にする貴族に立ち向かって、ここに追放されてきたのがアイツだからな。色々と複雑な子が多い『妖精の悪戯』メンバーとは相性ピッタリか」

偶然なのか俺が手を差し伸べた子ばかりだから、自分もちょくちょく様子を見たりしてるんだがな。

だがアイリスがいるからにはもう安心か。

優しくて強いあの騎士様なら、子供たちをきっちり守り導いてくれるだろう。

「いざとなれば邪龍《おれ》が動くしな」

今回みたいに、な。

「──よーうジェイド、飲んでるかぁぁぁ〜？」

「──で、ごじゃりゅ〜！」

と考え事をしてたところで悪友二人《アホ》が絡んできた。

酒に弱いため既に酔い潰れつつあるルアと、同じく酔いつつ五秒に一度ルアをチラッッッと見てるシロクサだ。

色々終わってる組み合わせだな。

「デキあがってんなーお前ら。このまま酔った勢いでデキあがるなよ？」

「なに言ってんだおめぇ〜？　あ、おつまみ発見」

机の上でヒヨコくんが食ってたマメを奪うルア。

相変わらず勝手なヤツである。

ヒヨコくんに『ピヨピヨピヨピヨピーヨピヨッ！』と猛抗議されるがお構いなしだ。

「……ところでよぉ、アルベドさんだったか？」

とそこで。

ふいに正気な様子で俺を見てきた。

シロクサも同じくだ。

「あのねーちゃん、マジで裁かれるらしいぞ？　『トリステイン』の救援を勝手に呼び込んだ罪でよ」

「うむ、さっそく領主邸に呼び出されたと聞く。しかも教会の本司祭のほうは、領主と根深い関係ゆえ止める気がないそうでござる」

ああ、始まったか。

珍しく素面《まとも》な様子の二人は、ひっそりと声を潜めて俺に語る。

「各教会のケツ持ちしてんのはその地の領主だからな。たとえ『女神教』本部にアルベドさんが抗議しようが、司祭に握り潰されるだろ？　つかこのまま明日には裁判もあり得る。だからよ、」

「もしアルベド君《ぎみ》の処刑が確定したら、拙者らで救わんか？」

要は、罪人《アルベド》を逃がしてやろうという立派な犯罪計画だ。

「っておいおい……わかってるのか？」

俺もまた声を潜めて二人に問う。

「名誉ある上級冒険者のお前らが何言ってやがる。立案してるのがバレただけでも罪になるぞ？」

そんな話を慎重派の俺に持ち掛けてくるとか。

「俺がバラしたらどうする気だよ？」

「「友人《ダチ》を見る目がなかったと悔いて死ぬだけだ」」

と、揃《そろ》って断言されてしまった。

っておいおいおい……。

これじゃ、裏切るに裏切れねえよ。

「で」

「どうでござる？」

真剣な眼差《まなざ》しで問う二人。

そんな彼らに、俺は申し訳なく苦笑する。

「悪いが、お前らの決意は無駄だよ。だってアルベドは裁かれないからな」

「「へっ？」」

素っ頓狂な声を出す彼ら。

いや、俺も最初は『暗黒令嬢サラ』として、アルベドを救いに行ったんだよ。

領主邸に向かう彼女を引き留め、〝私が終わらせてくるから安心しろ〟ってな。

だが、

「……少し話したが、あの女はやばいぞ。巨乳で修道服なだけある」

「「ッ!?」」

後半の言葉に悪友たちの顔色が変わった。

俺たち『開拓都市トリステイン』の人間にとっちゃ恐怖ワードだ。

手を出しちゃいけない女の特徴だよ。

「そりゃ大丈夫だな」

「そりゃ大丈夫でござるな」

「そりゃ大丈夫だろ？」

苦笑しつつ、先ほどの記憶を思い出す。

月だけが照らす夜闇の中、

『わたくしの運命はわたくしで決めますのでご心配なく。もしアナタに願うなら、一つだけ――』

と、俺《サラ》にとある取引を持ち掛けてきた、あの時の彼女の雰囲気を。

〝ま、この地の領主はどのみちどうにかするつもりだったんだ。好きにやれよ、アルベドさんよ〟

アンタの未来は、この邪龍《おれ》が祝福してやるよ。

◆
◇
◆

「来たか、シスターアルベドよ」

「夜分遅くにすまんのぉ……」

その日の夜。

アルベドは出頭の命を受け、領主邸に訪れていた。

彼女を出迎えたのは此処《ここ》『開拓都市アグラベイン』の領主と、この地の『女神教』司祭だった。

「さて、貴様を呼び出したのは他でもない」

明かりも灯《とも》らぬ執務室にて、領主はアルベドへと告げる。

「我が断りもなく隣領の戦力を招き入れたことは、侵略幇助《ほうじょ》にも当たる重罪だ。早々開く予定の裁判にて、貴様には死罪を下す」

誰もが予想する判決だった。

意にそぐわない行動をした下民を、貴族が許すわけがない。

周囲に示しをつけるためにも反逆者は必ず殺す。

この世界では当たり前のことだ。

「だ、がぁ」

豪奢《ごうしゃ》な座椅子から立ち上がる領主。

彼はアルベドに近寄ると、その豊かな女体を舐《な》め廻《まわ》すように見た。

「貴様はなかなかに魅力的だ。その修道服の下の身体《からだ》で、私に忠誠心を示すというなら、判決も甘くなるかもしれんぞぉ？」

つまり、夜に呼び出したのはそういうことだった。

領主は期待しているのだ。

死に怯《おび》えたこの修道女が、貞淑さなど剝ぎ棄《す》てて必死に腰を振る様を。

「私は優しいだろう？　なぁ、司祭よ」

「はッ！」

領主の下劣なる提案を、しかし老齢の司祭は肯定する。

修道女を守る意思など一切ない。

むしろ司祭はアルベドに向け、〝恐れ多いことをしてくれたな〟と疎ましげな視線を送った。

「受けなされアルベドっ。領主殿のお慈悲を無下にしてはならない。このお方に誠心誠意の忠義を示し、これからも教会の発展に寄与していただくことこそ、信仰の道として正しくっ」

「――ふふ」

その時だった。

黙り、俯《うつむ》いていたアルベドが、不意に笑みを浮かべたのだ。

「むっ……？」

「おいアルベドよッ!?」

訝《いぶか》しむ領主と慌てる司祭。

そんな彼らの様子を無視し、アルベドは告白する。

「『開拓都市トリスティン』の方々を見て、思ったのです。彼らの知識と技術があれば、冒険者はとても強くなれると」

期待を胸に、アルベドは続ける。

「ご存じでしょうか？　『冒険者ギルド』のマスターとなるには、自身も冒険者として活動した経歴がなくてはなりません」

「おい貴様」

「わたくしもかつては冒険者でした。ですが怪我《けが》をするうちに関節などに痛みが残り、ついには眼病まで発症。それでもあがこうとしましたが、やがて加齢で身体が動かしづらくなっていることも自覚し、引退を」

「おい無視するな貴様ッ！　先ほどから何を語っているッ⁉」

ついに領主は激怒した。

アルベドの胸倉を摑《つか》み上げる。

「要するに、『クソッたれな隣領の技術だかを取り込めば、可愛《かわい》がっている冒険者たちが強くなるかもしれない』と⁉　そう言いたいのだよなぁ⁉」

舐めた口を利いてくれたな、と領主は震える。

「はっ、冒険者ギルドマスターの鑑《かがみ》だな。だが、我が配下としては最悪だ」

どうせ元より犯すだけ犯して死罪にする予定の女だ。

何も躊躇《ちゆうちよ》する必要はない。

「もう我慢ならぬ。――おい兵士どもよッ、集まれ！　反逆者だァッ！」

怒りのままに領主は叫んだ。

そして笑う。

「恐れろアルベドよ！　これから集団で貴様を切り刻み、最期は虫の息の貴様をッ、犯しながら殺してやるッ！」

貴族として舐められたままで堪《たま》るか。

この下民の女は確実に悶絶死《もんぜつし》させてやる。

「そして、死体を兵士どもの慰み袋にしてだなぁ。それからは市中に晒《さら》して腐り果てるまで！」

と、死後の末路まで凄惨に語っていた時だ。

ぽつりと、アルベドは「訂正を」と呟《つぶや》いた。

「あん？　なんだァ？　今さら、自分の発言を撤回したいのかァ？」

「いいえ、違います領主様。アナタの思い違いを正したいのです」

扉を突き破り、常駐の兵士たちがなだれ込んでくる。

彼らは「反逆者は貴様か!?」と吠《ほ》えながら、集団で剣先をアルベドに向けた。

だが、アルベドはまったく意に介さない。

「領主様。アナタは先ほど、〝隣領の技術があれば、可愛がっている冒険者たちが強くなるかもしれない。そう言いたいのだろう？〟と、わたくしの発言を解釈しましたね」

「あぁもういい喋《しゃべ》るなッ！　おい兵士どもッ、この女を殺さん程度にズタズタにッ」

「違いますよ」

その時だった。

不意に領主は、後ろに転んで尻餅をついた。

「ぐうっ!?」

痛い。

恥ずかしい。

それに、おかしい。

自分はアルベドの胸倉を摑んでいたはずなのだ。

それなのに彼女は立ったままで、自分だけが倒れるなど、と。

「あっ……？」

そこで、彼はようやく気付いた。

修道服を摑んでいた手が、そのまま彼女の胸元に残っていることに。

自分の片手が、手首からなくなっていることに――！

「あッ、あぁあぁあぁあぁあぁあ──────ッ!?」


自覚した瞬間に襲う激痛。

同時に鮮血が断面から噴き出し、たちまち足元が血に染まっていく。

「しッ、死ぬッ！　じぬ〜〜〜〜ッ!?」

「領主殿ぉ!?」

悶《もだ》える領主と、駆け寄る司祭。

状況は一瞬で混迷した。

周囲の兵士たちは唖然《あぜん》としつつ、領主の手を投げ捨てる女を見る。

「ふふ」

惨劇を前に咲く麗しの笑み。

彼女がナニカをしたことは、明白だった。

「お、おい女！　貴様っ領主様に何をッ」

「お静かに」

騒ぐ兵士は一瞬で黙った。

アルベドが『何か』を投げる動作をするや、兵士の脳天が抉《えぐ》れたからだ。

「なっがッあぁ～……？」

奇声を発して脳死する兵士。

修道女は当たり前に人を殺した。

「アっ、アルベド貴様ッ!?」

「ねぇ領主様。違います。違うんです。違うんですよ」

倒れる死体など意にも介さず。

彼女は朗々と言葉を続ける。


「わたくしが、『トリステイン』にときめいた理由は」

恋するように顔が赤らむ。

その色気を帯びる様にしかし、足元の領主はもう欲情する気など起きない。

気付けば身体が震えていた。

「そッ、それ、は、ギルドマスターとして、子飼いの冒険者たちが強くなるのが、嬉《うれ》しいのでは
……!?」

「いいえぇ」

彼女は頬に手を当てると、

「他の冒険者たちでなく――この、自分自身《わたくし》がッ！　まだ、また、もっとまだまだッ、強くなれると想《おも》ったんですよぉッ！」

恍惚《こうこつ》とした声色で、修道女は――元一級冒険者『八つ裂きのアルベド』は謳《うた》い上げた。

「もう未来なんて諦めていたのにッ！　一線を退き、後進たちを想い育ててッ！　静かに生きようと、そう思っていたのに！」

もはや我欲は捨てていたのに。

母親のごとき優しいマスターに成りきれていたのに。

それなのに。

「でも『トリステイン』の方々に誘惑されてしまったんです。彼らの知識と技術があれば、まだわたくしも戦えるとッ！　昔みたいにあの日みたいにっ、暴れて殺して勝利してッ、周囲から称賛を得られるとッ！」

「なっ、何を言うとるアルベドよッ！　おぬしは領主様にっ、貴族に手を上げたのだぞ!?」

呻《うめ》く領主に代わって司祭が騒いだ。

「称賛されるわけがあるか！　この罪人めッ！」

勢いで飛んだ唾がアルベドにかかりかける。

「黙って犯されていればよかったのだッ！　あぁこんなこと、教会本部にどう報告すればッ」

「テメェ俺に喧嘩売ったな？」

司祭の言葉はもう続かない。

鉄拳粉砕。

アルベドが一瞬で近寄ると、その頭部を殴り砕いたからだ。

「ゴギャッ!?」

首が捩《ね》じれて頭がぐるりと一周する。

さらに、

「なぁ、テメェ、俺に唾を吐いたよな、なぁぁ?」

ばぎり、ぐじゃり、ごぎり、と。

アルベドは何度も強烈に拳を叩き付けた。

そのたびに司祭の首が回転する。

「ぐッ、ご、ぐぅ?」

「謝れよ謝れよ謝れよ謝れよ謝れよ謝れよ謝れよ謝れよ謝れよ謝れよ」

「あッあっあッアっあぁァ?」

司祭はすでに死んでいる。

が、脳を揺らされ、大後頭神経を首ごと無理やりに捩じられて、彼の口から生体反射で奇妙な声が漏れ続けた。

「喋れよ、塵《ごみ》。ブチ犯すぞ？」

最期に一撃。

アルベドが一際《ひときわ》激しい鉄拳を叩き付けたことで、老人の首は皮膚が千切れて吹き飛んだ。

『ひッ!?』

首なし死体。

噴き出す鮮血。

その血を浴びるアルベドの姿に、周囲は恐怖で息を呑《の》んだ。

「あぁ、殺す気なんてなかったのに……まぁいいか」

今やアルベドの精神《テンション》は、冒険者時代に戻っていた。

不満があったら『暴力』だ。

加害を受けたら『殺害』だ。

相手が無残に死んだところで、〝不快にさせるほうが悪い〟と断じられる過去の冷酷さを取り戻していた。

「では、次です。この俺《わたくし》が強くなるために」

足元の領主に視線が戻る。

ひぎゃッッと、領主自身すら自分の声とは信じられない悲鳴が漏れた。

「ヘッ兵士たちよっ！　この女を殺せッ！　抹殺に成功した者には、一億でも二億ゴールドでもくれてやるっ！」

『おッ、ォォオーーーッ！』

苦し紛れの言葉だが効果はあった。

兵士たち——まだ数が多いゆえ、どうにかなると思っている彼ら——は、一攫千金《いっかくせんきん》を夢見てアルベドに襲い掛かった。

ゆえに死ぬこととなる。

「《収納空間《アイテムボックス》》解放。乱れろ、『無貌千刃《むぼうせんじん》』」

瞬間、虚空より翔《か》ける不可視の千刃。

そんなモノを防げるわけがなく、領主の前で、兵士たちは一斉に脳を抉られて死んだ。

本当に一瞬で無数の命が奪われた。

「なっ、そん、な……!?」

「これがわたくしの可愛い魔導兵装《コ》、『無貌千刃』です」

兵士たちの血を浴びて、ようやく武器の全容が露《あら》わになる。

それは手術刀《メス》のように薄く短い刃だった。

その表面には魔物『リザードマン』の鱗《うろこ》が一面に纏《まと》われている。

これにより異能【環境擬態】が発現。

虚空からの具現時に、周囲の色——今回ならば夜の闇色——を模倣し、最凶の暗刃と化すのである。

「あぁ、懐かしい。この命を雑に奪える感覚。わたくしの憧れる『暗黒破壊龍ジェノサイド・ドラゴン』様が暴れる前は、もっと魔物も多くて犠牲者が山ほど出ていた。その混乱に乗じて暴れるような人間も多くて……そんな鎮圧《サツガイ》しても罪に問われない肉共を、よく殺したなぁぁ」

人に慕われるのも好きだが、殺すのも好きだ。

自分は殺害対象より強いのだと物理的に認識できる。

「な、なんだ、貴様は!?　貴様はそんな女ではなかったはずだっ！」

恍惚とするアルベドとは真逆に、領主はもはや恐怖と失血で真っ青だ。

「き、貴様の経歴はたしか、十年前に遠方の街から流れてきた、修道女をやっていた四級冒険者風情だったはず！　二つ名は『慈愛のアルベド』だったか？　天涯孤独の気弱な女でっ、だから……っ」

「あぁそれ他人の経歴です。同時期に死んだアルベドさんから冒険者識別票《ネームタグ》を奪いました」

「なぁっ!?」

完全に犯罪である。

ゆえに騙《だま》された。

〝無力な女なら抵抗もせず、されたとしても貴族の力で簡単に殺せるだろう〟

そう思って修道服を剝がんとした結果が、これだ。

「我が本来の名は『八つ裂きのアルベド』。ですがコチラは色々恨みを買ってましてねぇ。古傷痛む身体で、くだらない復讐者《ふくしゆうしや》どもを相手取るのは面倒だと思ってのことでしたが……ぐひっ」

静かな美貌が愉悦に歪《ゆが》む。

「身体が治れば、また暴れ回ることができますねぇぇ……？」

「うぅ……っ!?」

武器も本性も全てが擬態。

領主はこの時、花を装った『捕食者』に手を出してしまったのだと、ようやく理解した。

「わたくしね、昔から逆襲は徹底的にするよう決めてるんですよ。アナタや司祭はわたくしの命を奪おうとしたんですから、逆に『全部』奪われても、仕方ないですよねぇ？」

そして訪れる終わりの時。

「わッ、私を殺したとて、貴様も終わりだぞッ!?」

領主は最後まで叫び続ける。

「我が息子たちが領主の座を継ぎ、貴様を全力で追い立てるだろう！　貴様に必ず復讐をとっ」

だが。

「あぁご心配なく。息子さんたちならもういませんよ？」

「は？」

ごとり、と。

アルベドの脇に開いた虚空から、三つのナニカが落下した。

それは息子たちの首だった。

「あっ、あああああああぁああああああああああああああああぁあああああああーーーーーーーーーーーーーーーッッッッ!?」

「いやタイミングがよかったですねぇ。どこかの誰かのせいで冒険者たちがたくさん死にましたので、死体はそこに紛れさせました」

「おまッ、お前お前お前お前お前お前ぇぇえええええーーーーッ!?」

「まぁ戦って死んだ者たちの中に屑肉《くずにく》を紛れさせるのは申し訳なさがありますが、墓の底で集団暴行してくだされば……」

「お前ぇぇえええええええええええーーーーーーーーーッッッッ!?」

「うるせぇな黙れよ」

ヒールの足で強烈に踏まれる。

鋭い踵《かかと》が、領主の耳に突き刺さった。

「ぎゃぁあああーーーーーーッ!?」

「ほぉら踏まれて逝《イ》け逝《イ》け。最期に性癖開拓しましょう？」

ギリギリと込められる体重。

鼓膜を突き破る硬い先端。

それはやがて最奥にまで到達し、領主の穴から血と透明な液体が噴き出した。

「あはっ、脳漿《しる》噴いた。女の子みたいですねぇ領主様!?」

「や、やぇ、ゃえ、てぇぇぇ……ッ!」

「やめねぇよカス。似たようなことを女に散々やってきただろう?」

「ぁあぁあァァァァアぁあぁあぁあッ!?」

激痛と共に押し寄せる後悔。

領主は最悪の『外れ』を引いたことで、最期にようやく自身の悪行を悔いる。

「それじゃあ、前領主様」

そしてアルベドは、最高に美しい笑みを浮かべて、

「わたくしが次の領主になりますので、ごきげんよう!」

「は?」

困惑と混乱と〝それは駄目だろう〟というド級の絶望。

それらを叩き込みながら、彼女はその脳を全力で踏み潰した——!

『トリスティン新聞：夏始の月／第一の火神の号』
・『開拓都市アグラベイン』が領主・司祭、共に〝逃亡〟！
卑劣極まる事態が起きた。

きっかけは先の魔物大量発生事件。

そこで領主・司祭の判断による技術流入の制限により、数多くの冒険者が死亡する悲劇が起きた。


事件解決後、両者は一族や兵士たちを連れて失踪。

なお机には連名にてこのような手紙が残されていた。

『（中略）私たちは悪くない。

人間かどうかもわからぬ存在、令嬢サラと名乗る女の技術など誰が受け入れるか。

それでどれだけの命が死のうが知ったことか。

責任など取らない。

ああ、私たちに不満があるなら、あの女を情婦にしているらしい隣領のイスカル伯爵にでも導いてもらえばいい。責任も賠償もヤツにしてもらえ』

とあった。

これに犠牲者遺族・領民は大激怒。

死刑に処すべく領主及び司祭一族を捜し回るも徒労に終わった。

――我らが領主イスカル伯爵は、この手紙の末文を『領地管理権の譲渡』と判断。

すぐさま聖都と連絡を取り、〝貴族や『女神教』上層部関係者への不信感から暴動寸前の領民たちの統制〟を条件に、聖都はイスカル伯爵への割譲を受諾した。

その後、温情厚きイスカル伯爵は、今回の件で断罪もいとわず救援を要請した『ギルドマスター・アルベド』を涙ながらに称賛。

責任だけは全て自分が負う形で、彼女へと『領地監督代行権』を寄与した。


『トリスティン新聞：夏始の月／第三の金神の号』
・アルベド女子、三権擁立――！
隣領『開拓都市アグラベイン』より続報が入った。

我らが聡明《そうめい》なるイスカル伯爵は、『女神教』上層部に対し『副司祭アルベド』の本司祭昇格を提言していた。

これは、領民たちの司祭に対する不信感に危険を覚え、新たな司祭を送るのは危ういと待ったをかけたわけである。

が、『女神教』上層部はこれを却下。

イスカル伯の知恵深きお言葉を無視して聖都から司祭を送るも、その人物は何者かにより街付近で惨殺されてしまった。

以上の事件から、上層部はアルベドの昇格を受諾。
これにより、
実質的な領地の全権は、
全領民も賛成の上で、ギルドマスター・アルベドに任されることになった。

サラ「クソヤバ殺人女のケツ持ちになれ」
何も知らないイスカル「えぇえええええええ!?!?!?」

第二十七話 ◇ トリステインへの来訪者

『開拓都市アグラベイン』を出てからの道のりは順調だった。

出立直前に聞いた〝領主及び司祭の失踪〟に苦笑いしたり、街を出てからは馬車の上で仲間たちと駄弁《だべ》ったり、昼寝したり、休憩で寄った小村で適当に買い物したり。

見かけた小川で水切り遊びして石投げたらつい邪龍パワーで音速で投げちゃって、超遠方で村の方向に飛ばんとしていたボロボロの赤龍（アイツまだ生きてた）に当たっちゃったり……と。

適度に道中を楽しみつつ、『開拓都市トリステイン』に帰還した。

それから、『暗黒令嬢サラ』として領主イスカル卿《きょう》とお話ししたりして、数日後。

「――それで聞いてるかジェイドくんよぉ？　かつて無敗の喧嘩《けんか》伝説を作ってきたオレだが、『八つ裂きのアルベド』って女には惜しくも……そう惜しくもやられちまってなぁ!?　だがアレはほとんどわざとみたいなもんだ。オレに女を殴る拳はないからな。そのせいで肉体がセーブをだな」

「はは、ぱねぇっすねアンダーさん」

……ギルド脇の酒場にて、酔った先輩冒険者にだる絡みされていた。

同世代や変態には素に近い対応をする俺だが、年上などにはついつい丁寧に接しちゃう元日本人《おれ》である。

そのため、寂しいおっさんに相手させられることはちょくちょくあった。

まぁいいけどね。嫌われてたらこんな扱いもしてもらえないし。

「ま、例の女はいつの間にか死んで、オレは四十過ぎで今も生きてんだ。実質勝ちみたいなもんだろー」

「っすねー（いや負けてんだろ）」

聞き流しながらビールを飲む。

うまくこの人の奢《おご》りにもっていく予定だ。うめうめ。

「でだ。オレの知ってるアルベドは乳でけーけど怖い女でよ。そんなヤツに比べて、隣領のアルベドさんって人はそれはまぁ優しくて儚《はかな》げなんだろ？　な、なぁジェイドくんよ、なんかちらほら話して面識持ったんだろ？　機会があればオレのことを紹介してだなぁ……！」

「うす考えときまーす（※紹介するとは言ってない）」

「やりぃっ！　楽しみだぜ！」

酔っ払いパイセンと駄弁りながら酒飲んでメシもパクパクする。

たまには見知った仲間以外と雑に過ごすのもいいもんだ。

「まぁあれだぜジェイドくん。オレくらいの歳《とし》になると結婚相手見つけるのも苦労するからよ、今のうちに誰かとくっつくのもありだぜ？」

「やー自分にそんな相手は」

「いるだろ？　オメェが世話してた双子姉妹に、女騎士にミスティカさんにルアにシロクサに……」

「いや後半二人おかしいだろ」

と、アンダーさんと馬鹿話してた時だ。

不意にギルドの扉がバガンッ！　と開けられた。

な、なんだ？

「――けっ、聞いた通りだな。狩人《かりゅうど》どもがウジャウジャいやがる」

妙な物言いと共に入ってきたのは、全身傷跡まみれな褐色赤髪の美青年だった。

「オレの名はヴァン。ここで冒険者ってのになればカネが稼げると聞いたが、違いねェかぁ!?」

威圧するように吼《ほ》えるヴァンという男。

そんな彼に最初に口を開いたのはミスティカさんだ。

「ようこそいらっしゃいました。私は『冒険者ギルド』受付のミスティカと申します。ご確認の件ですが、その認識で合っているかと」

「アァ？　石みてぇに顔面の固まったオンナだな。オレぁ恐怖に満ちた顔のほうが好みなんだがねぇ。おいやってみろよ」

「表情の変更は業務にありません却下します」

「アァァアッ!?」

大股で受付台に詰め寄る男。

その拳は〝これからブン殴る〟と宣言するように握り締められていて、

「殺す」

「っておいおいおい!?」
イ、イカれすぎだろこの野郎!?
前にもメガネくんがミスティカさんに突っかかってたが、まだいくつか問答あっただぞ!?

なのにアイツ即暴力って!

「おい待てよお前っ」

そうして俺が止めに入ろうとした時だ。

それより一瞬早く、無駄に颯爽《さっそう》とローリングしながら、アンダーさんが男の前に立ちふさがった。

ってアンタ何やってんだ!?

「フッ、おい若造。その握り締めた拳を解きな」

「あ？　なんだテメェ」

「オレの名はアンダーッ！　かつて喧嘩無敗と謳《うた》われた伝説のッ」

「死ね」

瞬間、容赦なく男は裏拳を放った。

それはアンダーさんの横っ面に直撃し、その顔面をゴムのように変形させながら壁に向かってぶっ飛ばした！

「アッ、アンダーがやられた!?」

「あの野郎！　さっきから調子コキやがって！」

「なんだテメェおらぁああ!?」

途端に殺気づくギルド内。

アンダーは無駄に長い冒険者歴から、無駄に知り合いが多い男である。

顔見知りが理不尽にやられたとあっては、冒険者連中は黙っていない。

『ブッ殺すッッッ！』

彼らは一斉にヴァンという男に襲い掛かった。

が、

「ニンゲンどもがッ、しゃらくせぇんだよォオオッ！　ウラウラウラウラウラァッ！」

一瞬百撃。

野郎は信じられない速さで全方位に拳を繰り出し、並み居る冒険者たちを殴り飛ばしてしまった
……！

「っ、あいつまさか」

あの高すぎる戦闘能力。

常識知らずの凶暴ぶりに、何より〝ニンゲンどもが〟という発言。

これは、間違いない。

「さぁて雑魚どもは片付いた。次はテメェだ、ミスティカって女。この場で死ぬか、あるいは雌《メス》の顔をして媚《こ》び謝るか、選べやカス」

「……後者だけは死んでも拒否させていただきます。女の顔を見せる相手は一人だけですので、帰りなさいゴミ」

「死ね」

豪速でミスティカに振るわれる『人外』の鉄拳。

――俺はそれを、手首を摑《つか》んで引き留めた。

「なにっ⁉」

「よぉ落ち着けよ新顔。とりあえず外で話そうぜ？」

「アァッ？　ニンゲンがオレに指図をッ」

「言うことを聞け」

ヤツの手首を軽く締め上げる。

そう、軽く『邪龍』の力でだ。

すると怒気に染まっていた男の顔が痛みに歪《ゆが》んだ。

「ぐぅッ……この力、まさかテメェも……？」

「そういうことだ。じゃ、あとは話し合いで解決しようぜ」

野郎を引き連れギルドから出ていく。

ちなみにギルド内は冒険者たちがぶっ倒れまくった死屍累々《ししるいるい》の有り様だが、なんと全員命は落としていなかった。

このヴァンっていうやつ、最低限の配慮だけはあったのか？

そんなヤツにはあんま見えんが。

「さて――騒がせて悪かったなミスティカさん。じゃあちょっと行ってくるわ」

もう大丈夫だと落ち着かせるよう、軽い調子でひらひら手を振る。

すると、

「……はい。どうかお気をつけて」

……っておいおいミスティカ。

その顔、他の冒険者にはするなよ？

◆　◇　◆

「で、だ」

ギルドから出た俺たちは、一瞬で街の時計塔の上に移動していた。

異能力とかじゃない。

単純に一足で跳んだだけだ。

「ヴァンだったな。お前、知性がある上に細胞の人化変異まで出来るとあったら、相当上位の魔物だろ」

「オォよ」

誇らしげに頷《うなず》くヴァンくんさん。

いや褒めてる場面じゃないからね。注意しようとしてんだからね？

「聞いて恐れろや！　オレの魔物名は〝灼熱《しやくねつ》破壊龍ヴァーミリオン・ドラゴン〟！　龍種の中でもさらに上位の存在だぜ！」

「あいたたたたたたたっ」

やっ、やっぱり俺のお仲間だったぁーーーーーーっ！

その恥ずかしいネーミングまで一緒だよ。

魔物の創造主がつけてるっぽいが、マジで現代人の感性だとアレすぎるからやめてくれ……！

「アァん？　あいたたってなんだテメェ？　テメェもニンゲンにやられて、療養ついでに奴《やつ》らの調査をしようとしてんのか？」

「なんだって？」

テメェも、ってことは、つまりコイツはそういう感じで人里に潜り込んだわけか。

「あぁ思い出しただけでイラつくぜ。おい見ろよこの全身の傷」

そう言ってヴァンは褐色肌をちらつかせる。

よく見るまでもなく、野郎の身体《からだ》は傷だらけだった。

「どしたんそれ?」

「どうしたもこうしたもねェよ。ニンゲンの街やら村に向かおうとするたび、なんかスゲェエエーーーーーー威力の攻撃が飛んでくるんだよ!」

へー……って、ん?

「ヴァーミリオン・ドラゴン……ヴァーミリオンってたしか、赤系の色のことだったよな?」

つまりこいつは普段、『赤い龍』の姿ってことだ。

それで、街のほうに向かうたびに、龍をボロカスにするような攻撃が飛んできて……って、

「あっ」

それ、やってたの俺じゃね?

「アァ? なんだよどうした?」

「いっ、いやなんでもないぞヴァンくんよ! まぁ経験通り人間は恐ろしい生き物だから、下手に手を出すなってことだな! ははは!」

うっわー、こいつ事あるごとに俺が誤射とかかましてた赤龍だったのかよ。

そん時はあんま悪いと思ってなかったが、いざボロボロの姿で話し合うことになるとちょっと罪

悪感湧いてきたな……。

「クソ。ムカつく生き物だぜニンゲン。しかも今のオレぁ、傷はいてぇし人間体の操り方もおぼつかねぇしで、ろくに戦えない始末だ」

「あぁ。だからギルドの連中が死んでなかったのか」

まぁ冒険者たちがスキル持ってたり鍛えてるのもあるだろうけどな。

「そりゃ紙一重だったなヴァン。人間社会じゃ殺しはマジで重罪だ。一人でもやったら追われまくるぞ？　一億人くらいに」

「げっ、マジかよ」

嘘《うそ》である。

重罪なのは確かだが、一億人はかなり盛った。

「マジマジ。魔物仲間の俺を信じろ（ま、こうして脅しておけばヘタな真似《まね》はしなくなるだろ）」

もしもだ。

コイツが街に潜む魔物だってバレたら、〝他にもいるんじゃ〟ってなって俺まで危うくなるからな。

面倒だがあれこれ教えて生活に溶け込ませるとするか。

「お前はまだアウトラインをギリ越えてないからな。悪意ありゃダメだったが、無知と知ったらまぁしゃーない」

「アン？　何の話だよ？」

「いやこっちの話だ。そんじゃ人間社会のルールについて教えてやっから、メモの準備をしなされ」

「オレ文字わかんねぇよ」

「……ソレ含めて簡単に教えてやっから」

こうして半日、俺は赤龍に色々と教えてやることになった。

しばらくの路銀も持たせてな（俺の貯金が～……！）。

第二十八話 ◇ アホとデートと襲撃者

「じゃ、また来るからなイスカル～」

「もう来るなッッッ！」

赤龍の一件から数日後。

俺は『暗黒令嬢サラ』に扮《ふん》し、領主イスカル卿《きょう》に魔酒を卸《おろ》していた。

いよいよ正式販売間近である。

今回はその直前の棚卸だった。

「さて、ヴァンのヤツは上手《うま》くやっているだろうか……」

あれからヤツにはフリーの討伐者の生き方をオススメした。

外で魔物を狩り、その素材を街内で引き取ってもらう生き方である。

荒くれな冒険者よりもさらにアウトローな生き方だ。

あまり世間と関わりたくない犯罪者がよくそんな生活をしている。

「自由に思える冒険者ライフも、ギルドを行き来していればそれなりにヒトと関わる機会が生まれてしまうからな。あいつにそれは早いだろう」

そう思っての討伐者のススメである。

てか少し前にギルドで大暴れしたばっかだしな。

顔を出せばまたトラブルになりかねん。

「なにごともなきゃいいんだが……」

野郎のことをぼんやり考えつつ、領主邸の敷地を出た時だ。

近くの通りで見知った顔がアホをやっていた。

「──なっ、な!? 頼むよデートしてくれよキャサリンちゅわぁ～ん！」

「えぇ～、ルアくん顔は良いけど中身がゴミクズすぎるんだも～ん」

「ゴミクズッッッ!?」

「前にルックスに釣られてサシ呑《の》みしたら、ソッコー酔い潰れて飛びかかってくるわ避けたら説教かますわ、その場で吐くわ気絶するわお金持ってなくてアタシが払うことになるわでもうマジ最悪だったでしょ～？　死んだほうがいいんじゃない？」

「はぅわッ!?」

「というわけでじゃーねー。次話しかけたら警備兵さん呼ぶからね～」

……娼婦《しょうふ》っぽい姉ちゃんをナンパし、そして見事に撃沈している悪友《ルア》の姿があった。

やれやれあの野郎なにやってんだよ。

「相変わらずだなぁお前は。まぁ元気出せ」

そうしてアホの友人を励ましながら近づいた時だ。

アイツはこちらを振り返るや、パァァアッと顔を輝かせた。

「さっ、サラ様ーーーっ!?」

「えっ、あ」

そこで気付いた。

そう言えば今の俺、サラの姿じゃねーかと！

うっわぁ〜〜〜、赤龍のこと考えててボーッとしてたわ！　マジうっかりだ！

「なっ、なんか知らねーけどサラ様ってばオレ様のこと励ましてくれた!?　えっえっ何これ夢!?」

「いっ、いや今のは違う！」

よしこうなったら即撤退だ。

これ以上ボロが出る前にバイバイだ。

そうして高速移動しようとした瞬間、ルアにがしっと手を摑《つか》まれ、

「夢でもいいから――オレ様とデェトしてくださぁぁぁいッッッ！」

「なっ（えぇ〜〜〜〜〜〜〜〜〜!?）」

お前何言ってやがるんだこの野郎!?

◆　◇　◆

……今、俺は『開拓都市トリステイン』の繁華街を歩いていた。

ここ数年は人の流入が盛んで、通り一帯に多くの店舗が軒を連ね、多くの住人や観光客たちが散策している。

そんな中、

「しょッ、しょれでッスねぇ！　あそこの菓子が美味《うま》いらしいので、あとでサラ様に買いますわ！　ぁほら女の子って甘いモノ好きっしょ!?」

「そ、そうだな（童貞丸出しの固定観念やめろ）」

……俺は悪友のルアに街の紹介を受けていた。

一体何が悲しくて男二人で歩かにゃならんのか。

しかも十年住んでる街だから今さら紹介されるまでもない。

「そうだ、お前サラ呼びはやめろ。何のためにフードを被《かぶ》ったと思っている」

「あっあっそっすね!?　もしサラ様とデートしてるなんてバレたら街中の人間に嫉妬されちゃいますわ！」

今の俺はサラフォーム＆フード装備である。

無駄に人気出ちまったのは知ってるから配慮して変装中だ。

いやそもそもサラの姿自体が変装なんだが……それと、

「ルアよ。何度も言うが、デートじゃないからな？　いい歳《とし》した大人《おまえ》が街中でひんひん泣いて『街

の全女子に嫌われてるんです頼むからサラ様だけでも相手してくださぁい！』と叫ぶから、仕方なく付き合ってやってるだけだからな？」

「付き合ってやってるッ!?　えッ、恋人になってくれたってことすか!?」

「んなわけあるか殺すぞ」

本当に調子のいいやつだなこの野郎……！

「ま、とりあえずサラ様呼びはしないの了解ッス。サッちゃんと呼ばせてもらいますわ！」

「馴《な》れ馴《な》れしいなぁ。まぁ好きにしろ」

「うぇーッス！　あっ、あそこの新しい串焼き屋オススメっすよ!?　なんか安くしてくれるし！」

「マジか（知らんかったわ）」

そんなこんなで悪友と買い食いしつつ街を歩く（※ちなみに例の串焼き屋は、ルアを子供だと思って割引してくれてるようだ。今のロリっぽい俺もされた）。

「へ、へへへ。憧れの人と街歩きなんて心臓飛び出るかと思ったけど、なんか不思議と落ち着いてきたなぁ……！」

「ふん、そうか（そりゃ俺が友人《ジェイド》だからだっつの）」

とはいえ、この野郎と街をブラブラするのも久々だ。

十年前、駆け出しの時に出会った頃は、見慣れぬ街を共に散策したりもしたんだけどな。

しかし時が経《た》って住み慣れたりコイツが多忙な二級冒険者になったりする内に、そういうのもなくなっていった。

今じゃ互いに仕事帰りのギルド酒場で顔を合わせるくらいだな。

「いやぁ、気まぐれとはいえ連れ添ってくれてマジ感謝すわ！　サラ様……じゃなくてサッちゃんも、かなり忙しいっぽいでしょうに」

「そうでもないぞ？　詳しくは言わんが、ここの領主に技術を齎《もたら》す時以外はプラプラしているよ。酒造ったり、飼ってるヒヨコが遊ぶための迷路作ったり」

「そーなんすか!?　い、意外とスローライフ送ってるんすね。なんかオレ様のダチ公みてぇだ……」

そりゃそのダチ公だからなこの野郎。

あ、あそこの氷術師がやってるアイス屋美味そうだな。それに喉も渇いてきたな。

「あぁちょぃお待ちを！　アイス買ってくるんでここにいてくださいっす！　ついでに飲み物も買ってくるんで」

「むっ、なぜ」

「いやぁなんとなく欲しそうな顔してたんで。例のダチ公に言われたんすよ、『お前暴走気味なんだよ。モテたいなら女の子の気持ち考えてみろ』って」

あー……飲み会の場で言ったことあるなぁそんなこと。

まぁ俺も別にモテるほうじゃないし、てかコイツそんとき酔っ払ってたから覚えてないと思ったんだが。

「ふん、偉そうなことを言う友人だな」

「まっ、妙に達観してるとこはあるっすねぇ。お互いに十五そこらの時に会った仲なんすけど、最初は好きじゃなかったっすわ。街の兵士から八百屋のおばちゃんまで、年上相手にゃやたら丁寧な口使ってよ。それが当時のオレ様にゃイイ子ちゃんぶってるように見えて、ハラ立って喧嘩《けんか》売ってやったっすわ」

あーあったなーそんなこと。

「最悪の出会いだな。で、結果は？」

「そ、それはまぁ……実質『相打ち』ッすね！　客観的に見ればオレが殴り倒されたように見える感じでしたが自分は紳士なんでヒョロヒョロノッポ野郎を全力で殴るのは悪いと思ってチカラをセーブしてたっていうかぁ!?」

嘘《うそ》つけお前負けてただろうが。

そんでビービー泣いて『覚えてろよコンチクショウッ！』て逃げてっただろうが。

俺の邪龍脳細胞はきっちり覚えてるぞこの野郎。

「そんなこんなで今じゃあの野郎もオレ様の舎弟に……」

「ぶっ殺すぞ」

「えッ、なんでキレたの!?」

「あ、すまんなんでもない」

っといけないいけない。ついついいつものノリで話してしまった。

「と、特に理由なく腹が立ってしまっただけだ。許せ」

「えっ、特に理由なく女の子が腹立つって……あっ」

っておいなんだその『そういうことかぁ』って顔は!?

お前どんな答えに至った!?

「へへへ、ならしゃーないっすね！　じゃ、自分アイス買ってきますわ。あぁでもお腹《なか》冷やすと良くないんで、ドリンクは温かいココアとかにしてきますね！」

「おい絶対に勘違いしてるぞ!?」

「自分、気遣いが出来るオトコなんで！　ほいじゃっ！」

って気遣いが出来るオトコはそーいうこと自分で言わねーよボケ！

「うおおおお行くぜ〜！」

「おい人だかりの中を走るな転ぶぞっ！」

駆けていくアホの背中に、俺は盛大な溜《た》め息《いき》をついた。

本当にやれやれだ。

「変わらんなぁアイツは。昔から」

十年も冒険者やってれば、それなりに周囲も変わっていく。

尖《と》がってたやつが大人になったり、逆に大人しかったやつが思わぬ一面を出し始めたり、三十の誕生日にホモショタに目覚めたりな。

その中じゃあの野郎はノリのいいアホなまんまだ。

見た目こそ『暗黒令嬢サラ』に惚《ほ》れるなんて事故起こして整えるようになったが、腹の中はガキのまんまだよ。

「いい加減に落ち着きってもんを覚えろっての……」

雑踏の片隅にて、そうして友人を待っていた時だ。

大股で俺に近づいてくる気配があった。

「あぁ戻ったかルア」

早かったな、と顔を上げる。

だが、俺の目の前にいたのはヤツでなく、

「よォ、オンナァッ……！」

傷跡まみれの赤髪の男、ヴァンだった……！

不本意なことに、オレぁ人間の街で働くことになっちまった。

「──オラよ、納品だ」

「あっ、あぁ」

解体屋とやらに魔物『メガグリズリー』の死体を渡す。

人間の世界じゃ危険度B級だとか言われてそこそこ強い扱いらしい。

ハッ、雑魚だよなぁ人間は。

こんな魔物、龍であるオレにとっちゃ昼飯扱いなんだがよ。

「……いや、その人間にヤられてオレぁ今こんなことしてんのか……クソッ……」

「な、何か言ったか？」

「なんでもねぇよッ！　殺すぞ！」

「うぅっ!?」

威圧すると解体屋の人間は逃げていった。

ったく、雑魚が絡んでくるんじゃねーよ。

「あの人、ヴァンだっけ……」

「相当な荒くれものだぞ……」

「討伐者なんて大概チンピラだが、ありゃやばいよ。近づかないほうが……」

解体屋を出る折、奥からそんな会話が聞こえてきた。

龍の聴覚なら聞こえるんだよクソボケ。

「チッ、小動物どもが群れんなやッ！」

「「ひっ!?」」

声を上げると連中は身をすくませたようだ。

はっ、これだから人間どもはよ。

◆◇◆

「はぁ、数ばっか多くて嫌になるぜ」

報酬を懐に街を歩く。

「クソがどけよ人間どもが」

「わっ、なんだあんた!?」

「うるせぇよ」

ひと睨《にら》みするだけでどっかに失《う》せた。

最初からそうすりゃいいんだよ。

肩がぶつかっただけで死ぬ身体《からだ》してるくせによぉ。

「はー、皆殺しにしてぇ。だが……」

鈍痛の残る身体を意識する。

こんな雑魚人間の群れの中に、この龍の身に致命傷を与えた者がいるのだ。

今の身体でその者と当たるのは得策ではない。

まずはそいつを特定し、弱点を見出《みいだ》さなければ。

「それに、人間社会で殺人やらかすと一億人くらいに追われるんだったか。ジェイドって同類が言ってたもんな」

流石《さすが》に一億人に追い立てられるのは勘弁だ。

「そーいやあのジェイドって魔物、種族のこたぁ聞きそびれちまったな。腕力は龍《オレ》から見てもかなりのモンだったたし、腕っぷしだけはなかなかやる『トロールロード』とかかぁ？」

と、ＩＱ３種族の上位体のことを思い出し、たぶんそうだろと当たりをつけていた時だ。

不意に人間どもが大通りの一角を見ているのに気付いた。

「あんだぁ？」

近づけば、「なぁあのフードの子、どこか雰囲気があの人に……！」「あの垂れた長い白髪、もしかして」「隣の金髪の子も美形だな、貴族の子か？」「ちげーよ新参者、ありゃ冒険者のルアってアホだよ」などと、うるさく騒いでいる。

「ほう、見た目のいい個体でもいるのかよ？」

人間どもは知らないだろうが、龍は美醜に理解がある。

知性のない連中ならいざ知らず、魔物も最上位種となれば、美的感覚も備え持つのだ。

龍が姫君を攫《さら》う話や、巣材に煌《きら》びやかな宝石を求めるとされる理由がソレだ。

「暇つぶしに見てやるか。オラ、どけよカスどもー」

「うわなんだっ!?」

集団を押しのけて前に出ていく。

すると、

「お――おぉお……ッ！」

思わず感嘆の息が漏れた。

ああ、わかる。

フードで顔こそ隠しているが、そんなもの一枚では遮りきれない美貌の気配を肌に感じる。

「うおおお行くぜ～！」

「おい人だかりの中を走るな転ぶぞっ！」

ちょうど供をしていた雄――雌？――が離れた。

これはまたとないタイミングだ。

オレはさっそく人垣を押しのけ、例の雌へと近づいた。

「よォ、オンナァッ……！」

自分もそろそろ成龍だ。

初体験が人間というのは妙だが、この雌ならば悪くない。

さぁ、光栄に思え。

「テメェを契《ちぎ》りの相手としてやる」

「テメェを契《ちぎ》りの相手としてやる」

【悲報】ダチと地獄のデート中、知り合いの龍から股開けと言われた件について。

(ってクソがあああああーーー!? どうしてこうなったーーーーーーーーーーッ!?)

なんで野郎ばっかりすり寄ってくるんだよボケェッ!

ジェイドくんにそっちの趣味はねぇぞぉアァアアッ!?

「はっ、どうした緊張してるのか?」

と言って、俺に無駄に綺麗《きれい》な顔を近づけてくるヴァン。

「まぁ安心しろや、オレも初めてだ。病気の心配ならないぜ?」

ってんなこと心配してねーよ!

あとあんま人間社会で『初めて』言うのやめろや!

童貞カミングアウトはそう堂々とするもんじゃねーぞ!?

「オイなんとか言えや。オレ様が声かけてやってんだぞ? 光栄だと泣いて、脱げ」

(うわすげー自信でグイグイくるじゃん)

どこからそんな自信が……ってそうかこいつドラゴンだからか。

周囲の魔物連中からビビられまくればそりゃぁ調子に乗るよな。

うん、俺もそんな感じだったしネ……。

「いい加減にクチ開けや。それとも下の口から開くか？」

（下品だな～）

これだから義務教育受けてないドラゴンは……と思いつつ、『俺だよジェイドだよ。あと下の口ねーよアホ』と正体を明かそうとした時だ。

「――テメェッ、サッちゃんから離れやがれ！」

「アァ？」

ドリンクを手にしたルアが戻ってきちまった……！

っておいおいおいおいおいおい、

「なんだァテメェは？」

「テメーこそなんだよっ!?　サッちゃんから離れろ！」

俺の前で睨《にら》み合うヴァンとルア。

こ、これはまずいことになったぞ。

どっちも血の気はマックスだ。

「ぉ、おい二人ともっ」

そうして止めに入ろうとした時だ。

二人は何の躊躇《ちゅうちょ》もなく同時に、その拳をぶつけ合った！

「ゥぅっ!?」

「へぇ……人間の分際でなかなか」

激突する拳と拳。

とても肉がぶつかり合ったとは思えない轟音《ごうおん》と衝撃が周囲に響く。

その結果は、ルアの負けだ。

「ぐぅうッ!?」

拳を押さえて転がるルア。

皮膚が破れ、ほとんど骨が見えかけていた。

「やるじゃねーかチビ。その雌みてぇな身体《からだ》でどうやって……と思ったが、なるほど。魔術か」

ルアの側《そば》に浮かんだ魔導書。

それを見てヴァンは「相当高度な強化術式だな」と感心するが、ヤツの拳にダメージは一切ない。

当たり前か。腐っても最強の龍種なのだから。

「くそっ、こんな野郎に殴り負けるなんて……！」

「おいルア、無理するなっ」

対してルアは重傷だ。

ぶつけ合った拳からは血が流れ、腕全体がビクビクと震えている。

これは拳だけじゃなく腕の骨までイカされちまったか。

「へっ、情けねぇなオレ……」

「そんなことはない」

むしろその程度のダメージで済んだのはすごいことだ。

弱っていようがヴァンは龍種。

真正面から拳を打ち合えば、肩ごと腕が千切れ飛んでもおかしくない。

「けど見ててくれやサッちゃんよ。こっからオレ様の逆転劇が、始まるからよぉ！」

「ルアっ!?」

止める間もなく飛び上がると、反対の腕でヴァンに殴りかかってしまう。

「サッちゃんにゃッ、憧れのサラ様にゃぁ指一本触れさせねぇ！」

「ハッ、面白れぇ人間だァ！」

そして、再度激突。

一度目以上の大爆音を立て、二人の拳がぶつかり合った。

「クソ赤髪がぁあああーーーッ！」

勇ましく吼《ほ》えるルア。

しかし、

「寝てろやメスチビがッ！」

ヴァンが拳を振りぬくと、たちまちルアは地面に叩《たた》きつけられてしまう。

「うぅッ!?」

同時にバキリッと砕け散る音。

ルアの拳が片方以上のダメージを受け、指がグチャグチャに拉《ひしゃ》げてしまったのだ。

それを見てヴァンが「ざまぁねぇ」と嗤《わら》った。

「所詮は人間の雑魚野郎だな。そんなんでそのオンナの番《つがい》気取りかよ」

……うずくまるルアを見下す赤龍。

こいつにとっては人間なんて取るに足らないのだろう。

どれだけ勇気を振り絞ろうが、くだらないと思っているのだ。

「く、そぉ……!」

「じゃあな雑魚。この女はオレが貰《もら》っていくからよぉ」

そうしてこちらに手を伸ばすヴァン。

俺はそれを、ゴミのように弾《はじ》いた。

「触れるな、汚れる」

「あァ……!?」

カスが怒っているが気にもならない。

さっさとヤツから意識をそらし、痛みに苦しむルアの背を撫《な》でた。

「お前、格好良かったよ」

「ぁ、サラ、様……オレ、全然かなわなくて……っ」

「いい。今はゆっくりと休め」

スキル発動《回復《ヒール》》。

その癒しの波動を流し込むと、ルアの両腕が巻き戻るように癒え始めた。

同時に彼の瞼《まぶた》が落ち始める。

「ぁ……れ……？」

「急速な治癒は体力を消費するからな。あとは何も心配せず、意識を手放せ」

「でッ、で、も……ぁ――」

最後まで俺《サラ》を気遣いながら、ようやくルアは眠りについた。

落ちる頭を咄嗟《とっさ》に抱き、膝をついて腿《もも》に寝かせる。

こいつを地べたで汚させたりはしない。

「さてと」

親友が寝付いたところで、こちらを睨む者に顔を上げた。

「まだ何か用か。ゴミ」

「ッ、さっきから、テメェ……！」

怒りに身を震わせた男、ヴァンだ。

ヤツは眠るルアを指さし、「そっちの雑魚とずいぶん扱いが違うじゃねぇか!?」と吼えた。

「なにそんなメスチビに構ってんだよッ！　勝ったのはオレだぞ!?　だったらオレに惚《ほ》れるべきだろうが！」

「はぁ……」

ヤツの叫びに心底呆《あき》れてしまう。

まさに野生動物よろしく、強い者こそ魅力的で大正義だと？　勝った奴《やつ》が偉いんだと？

ふざけるな。

「たしかに強さは大事だよ。だけど人間の世界では、誰かを守るために必死になれる『優しいヤツ』が一番魅力的なんだよ」

一度だけ。

ちゃんと一度だけ教えてやる。

俺は無知ゆえの間違いは咎《とが》めない。

だが今、一度はきちんと教えたからな？

「そして人間社会じゃ、暴力を武器に女をモノにしようとするヤツは、ゴミ以下のカスなんだよ。理解したか？」

「アァァッ!?」

怒りのままに吼えるヴァン。

そうしてヤツが「舐《な》めやがって！」と、こちらに手を伸ばしてきた時だ。

「何の騒ぎだッ！」

と、鋭い女の声が響いた。

アイリスである。

「むっ……その少年は確か、ルアと言ったか。意識を落としているようだが、どういう状況だ？」

周囲に伺うアイリス。

するといつの間にか出来ていた人だかりたちが、「その子、そっちのフードの女の子を守ろうと……」と、状況を説明してくれた。

「ふむ、なるほど。おい赤髪よ、咎は少女を手籠《てご》めにせんとした貴様にあると見える。元騎士として見過ごせんな」

「ケッ、突然出てきたメスが何をッ」

ヴァンの言葉は続かなかった。

背後より、ヤツの喉元に刀が押し当てられたからだ。

「――貴様か？　拙者の友を傷付けたのは」

黒髪の若武者、シロクサである。

俺と遊ぶ時の抜けた雰囲気など一切ない。

冷たくなるような殺意を放ち、ヴァンの命を取らんとしていた。

さらに、

「なんだなんだぁ!?」

「女の子襲おうとしたクソ野郎がいるってよ!」

「そいつにルアが重傷負わされたらしいっ! 俺たちも向かうぞ!」

続々と集まってくる冒険者に、騒ぎを聞きつけた衛兵たち。

たちまちごった返していく場に、ヴァンが「チッ」と舌打ちをした。

「人間どもがぞろぞろとうぜぇぜ。テメェらみてぇな雑魚、どれだけ束になろうが無傷でぶっ殺して……!」

「無理だろ、そのざまじゃ」

俺は嘲笑を向けながら、ヤツの腕を見た。

「腕、痛そうだぞ?」

「なっ、ッッ……!?」

俺の言葉でようやく気付いたらしい。

ルアの拳と二度もぶつかったヤツの右腕、それはわずかに震えていた。

「っ……こんなのどうってことねぇよ! 少し骨に響いただけでッ」

「ハッ、認めたな! 無傷でどうのと言っておいて、『少しでもダメージありました』と認めてしまったなぁ。ダサいぞお前?」

「ぐぅッ!?」

俺への怒りをさらに強くする赤龍。

が、雑魚扱いだったルアが少しでもダメージを与えたという事実。

それを加味しての周りを取り囲まれた状況に、どうやらまずいと判断したらしい。

ヤツは再度舌打ちすると、

「覚えてろよッ、ニンゲンどもォッ……!」

そう言って、一瞬にして姿を消すのだった。

「そうか」

反省の意思も、ないんだな?

第三十一話 ◇ 邪龍の怒り

その日の真夜中。

ものみな眠る『開拓都市トリスティン』にて、ヴァンは地面を嗅ぎまわっていた。

「あの乳みてぇな匂いは……クソッ、この路地裏から途切れてやがる」

やっているのは人物探知だ。

人並み外れた嗅覚を使い、昼間に出会った少女『サラ』と呼ばれていた女を捜しているのだ。

目的は当然、復讐《ふくしゅう》と凌辱《りょうじょく》である。

「オレを散々コケにしやがって……！　人間風情のメスが、わからせてやるぜ」

穏便に済ませる意思など一切ない。

人間社会でトラブルを起こせば面倒になるということは学んだが、ならば人知れず夜に事を為《な》せばいいとヴァンは考えた。

「殺してやる。殺し犯しながら泣き喚《わめ》かせてやるッ！」

そう猛《たけ》りながら周囲を探らんとした時だ。

ざっ、と。

「――そうか。お前、そんなヤツだったのか」

路地裏をふさぐように、捜していた白髪の少女が姿を現す。

「ッ、テメェどこからッ……いや、そんなことはいい」

出てきてくれたならそれでいい。

「まずは服から剝《む》いてやる」

ヴァンは両手に力を込め、その十爪を凶悪に変貌させた。

「さァお楽しみの時間だ。抵抗すると、皮膚まで裂けるぜ？」

笑みを浮かべて近づくヴァン。

それに対し、少女はその場に立ち尽くしたままだ。

背後より照らす月光により、その表情は影で見えない。

「大人しいじゃねえか。いいぞそのまま、」

「あのさぁ」

とそこで。

閉ざされていた唇が、一方的に言葉を紡ぐ。

「私はな、ある程度のミスは仕方ないと思ってるんだよ」

「あァ？」

「まず最初、お前はギルドで暴れてミスティカも殺そうとしたよな？　でもそれは、お前が社会常識を知らないからだった。無知ゆえのミスだ。これで誰か殺《や》っちまってたら駄目だが、幸い死人は出なかったんだ。だから私はお前を許した」

「テメッ、何を」

訝《いぶか》しむヴァン。

それを無視して彼女は続ける。

「時計塔の上で色々教えたよな。トラブルは起こしちゃいけません、人を襲っちゃいけませんって。さぁこれで無知ゆえのミスはなくなるはずだ。そう思ってたら白昼堂々よりにもよって私を襲いにかかってよ、そんでダチまで傷付けて……」

「なんだテメェッ!? さっきから何をブツクサと!」

もういい殺そう。

そう決めてヴァンが踏み込まんとした時だ。

足が——動かなかった。

「……あ?」

思わず見る。

その強靱《きょうじん》な足は、なぜか彼の意思に反し、小刻みに震えていた。

「あっ、な、なんだこりゃっ、なんでだ!?」

手で叩《たた》くも動かない。

足が少女に向かおうとしない。

「おいメスッ、テメェがなんかしたのかぁ!?」

怒り吼《ほ》えるヴァン。

そんな彼を見る少女の瞳は、凄絶なまでに冷めきっていた。

「お、おいっ！」

「……本当に呆《あき》れるよな。一度はちゃんと教えたのに、それを破って。で、撤退することになって反省するかと思いきや、全然悪びれた様子もない。俺も流石《さすが》に見かねちまったよ」

「っ!?」

変わる一人称。

そして冷静に思い返せば、『時計塔で色々と教えた』という発言から、まさかと推察する。

「テメェッ……まさか、ジェイドって野郎!?」

「あぁそうだ。でも間違いだよ」

瞬間、少女から闇が溢《あふ》れた。

夜よりも暗き濃密な黒。

それに彼女は包まれて、陽炎《かげろう》のごとく揺らぎ溶けて同化していく。

「俺は平和が大好きだよ。仲間たちと馬鹿やって、明日の飯どうするかなぁって考えてさ」

闇の中で姿が変じる。

幻のように不定形になり、いつか見た男の姿にもなり、やがて名状しがたい闇そのもののようにもなり、そして。

『でも、さ』

湧き出した闇が、巨大に広がる。

『怒るべき時には怒ろうって決めてるんだよ』

「あっ、あ……！」

『で』

巨大な闇が巨体を象《かたど》る。

巨大な闇が巨爪を象る。

高らかに生える尾と翼。

そして最後に、燃える三つの瞳が輝く。

『俺は今、ちょっと本気で怒ってるぞ？』

その姿に、ヴァンは悲鳴のごとき声で叫んだ。

「お前はッ、暗　黒　破　壊　龍　ジ　ェ　ノ　サ　イ　ド　・　ド　ラ　ゴ　ン――――!?」

それはまさに異端の破壊者。

魔でありながらヒトに与《くみ》し、多くの大魔を燃やし尽くしてきた最恐最悪の存在。

それが、暗　黒　破　壊　龍　ジ　ェ　ノ　サ　イ　ド　・　ド　ラ　ゴ　ン。

同族であるヴァンも畏れる天災であった。

「な、なんでテメェが、人間に化けてこんなところに……！」

『どうでもいいだろう。それよりいいのか、抵抗しなくて』

暗黒破壊龍は揺らがぬ声音で、当然のごとくヴァンに告げる。

『何もしなけりゃ、お前死ぬぞ？』

「ッ〜〜〜!?」

その一言に、ヴァンの足がようやく動いた。

あぁそういうことかと理解する。

この足は、本能的に敵の強さを知っていたから止まっていたのかと。

「はっ……はは……！」

まったくもってそれは正しい。

魔物界の常識だ。

かの邪龍には決して逆らうことなかれ、というのは。

だが。

「いいぜェ……何もしなけりゃ死ぬって言うなら……！」

若き男《ドラゴン》は、腑《ふ》抜《ぬ》けた常識に真っ向から中指を突き立てる。

「ぶっ殺してやるよォッ、クソ先輩がァーーーーーーッ！」

そして第二の脅威が現る。

ヴァンは上空まで一足で跳ぶと、その身が巨大な炎に包まれた。

『これがオレの、真の姿だッ！』

天に具現する次なる天災。

炎の中で人の姿は揺らぎ掻《か》き消え、赤き龍へと生まれ変わる。

『灼熱《しゃくねつ》破滅龍ヴァーミリオン・ドラゴン。このオレが、テメェを倒して最強になってやる！』

真の姿を現したヴァン。

彼は大きく大気を飲み込み、肺腑《はいふ》の奥より超熱量の炎を覗《のぞ》かせた。

かの黒龍を、殺すためにだ。

『第十一階梯《かいてい》魔砲〝犯し灼く焔《デア・クルセイド》〟──ッ！』

そして天から降り注ぐ灼熱。

魔砲。それは人類を憎み滅ぼす生物兵器『魔物』の上位種に組み込まれた、最悪の概念呪法である。

かの灼熱龍の炎が持つ概念は『延焼』。火の粉の一片までもが消えない限り、全てを焼き続ける魔の炎である。

『街ごと燃えろやァアアーーッ！』

吼える赤龍と迫る魔炎。

それらを前に、黒龍《ジェイド》は一切焦ることもなく口を開き、

『いい攻撃だ。――だが、終わりだよ』

その肺腑の奥より、全てを滅ぼす黒き邪炎を覗かせた。

『第十三階梯魔砲――〝零に還る焰《デア・プロビデンス》〟』

終極の火が解き放たれる。

それは『万死』の概念を持つ最恐最悪の魔炎。

赤き炎を一瞬にして殺し尽くし、空間ごと黒に染め上げた。

『なぁ――ッ!?』

かくして迎えた終わりの時。

死の黒炎は灼熱龍《ヴァン》まで届くと、天を揺るがす十字の爆発を巻き起こすのだった。

そんなこんなで数日後。

俺はいつも通りギルドの酒場で、だら〜っと酒を飲んでいた。

「ンでよぉっ、サラ様っ――じゃなくてッ、デート相手のサッちゃんって子を守れなかったのが、オレ悔しくてよぉ〜！」

「そーかいそーかい」

ちなみに酒の相方はルアである。

早くも復活したこの男は、先日のヴァンの件がよほど気になっているようだ。

「まぁいいじゃねえかよ。結局その子に怪我《けが》はなかったんだろ？　じゃあ守りきれたってことじゃねーか」

「そ、そうかぁ？」

「おう。ルアにしちゃカッコいい真似《まね》したと思うぜ？」

「ってオレにしちゃってどーいうことだよ!?」

ぷんすか怒る悪友に微笑《ほほえ》みながら酒を啜《すす》る。

日常が帰ってきたって感じだな。

ヴァンにやられた冒険者連中も復帰し、周囲でゲラゲラやってるしよ。

「はぁぁ、強くなりてぇなぁ……」

「そればっかだなお前。相手への悪口とかはないのか？」

「おん？　そりゃクズ野郎だとは思うが、正々堂々殴り合って負けたんだ。陰でグチグチなんかしねーよ」

ルアは激しく拳を打ち合わせた。

「腕っぷしで負けた借りは、腕っぷしで返すのみだ。むしろ『もっと修行してやる！』って気持ちにさせられたぜっ」

「ははっ」

その快活さをまぶしく思う。

お前のそういうカラッとしたところ、まったくもって嫌いじゃないぜ。

「そんなお前だ。俺の知り合いの『新入りくん』とも仲良くできるかもな？」

「新入りくん？」

悪友が首を傾《かし》げた時だ。

ギルドの扉がギィッと遠慮がちに開かれ、赤髪の男が入ってきた。

「ぬあっ!?」

ヤツを見て眼《め》を開くルア。

なぜならそいつは、先日トラブルになった張本人・ヴァンだったのだから。

どこかそわそわとしたそいつに、俺は笑顔で歩み寄る。

「よぉ、来たか新入りくん。扉も静かに開けられて偉いぞ？」

「うぐぅ!?　そ、そりゃテメェがそうしろって……！」

「はいはい話はあとにしよう」

というわけで俺はヴァンを――調整した概念死の焔《ほのお》により極限まで弱体化させた『赤龍』の肩を掴《つか》み、耳元で一言。

「教えたよな？　悪いことをしたら、どうするべきか。もしそれが出来なかったら今度こそお前を……」

「っっ、わ、わかってらぁッ！　うぅぅ……！」

かくして堂々と酒場に近寄るヴァン。

そんな彼にボコられた冒険者たちやルアが警戒の目を向ける中、ヴァンは顔を真っ赤にさせて震えながら、

「ぁッ――暴れて迷惑かけてッ、マジすんませんでしたチクショォオオーーーーーッ！」

と、ヤケクソ気味に頭を下げるのだった。

その様にぽかんとする酒場の面々。

それから数秒、一斉に明るい声が上がった。

「ってなんだお前っ、謝りに来るとか律儀かよー！」

「オラついたクソ野郎かと思いきや、意外といいとこあるじゃねーかっ！」

「テメェ前回で勝ったと思うなよー！　また決闘させろ～！」

途端に騒ぐ冒険者たち。

酒が入っていることもあり、中にはさっそくヴァンをテーブルに引き込もうとする者もいた。てかルアだ。

「うぉっ、この前のチビじゃねえか!?　離しやがれーっ！」

「うるせぇチンカスイケメン野郎！　今から酒飲み合戦で勝負だこのやろー！」

うざそうにするヴァンだが、今のやつの能力はほぼ人間並み。

抵抗なんて出来るわけもなく、オラオラ～と押し寄せてくる冒険者たちに肩パンされながら、飲みの席へと連れ込まれるのだった。

「罰だぜヴァン。人間たちに囲まれて、楽しく生き恥さらしやがれ」

それが、最恐の邪龍に畏れず立ち向かってきた龍《オトコ》に対する、俺の決定だった。

「――あらぁあああああああッ、ジェイドちゅぁんじゃなぁいッ！♡　来てくれたのォオオッ!?♡」

「ど、どうも店長さん」

この日、俺は中央通りの人気の服屋を訪れていた。

そんな俺を出迎えてくれたのは、情熱的な乙女――口調のバキバキなオッサンである。

彼の名はバッチョ。ここトリステイン領の誇る有名服飾デザイナーだ。

俺たちが着る服の多くも、この人が手がけたものだったりする。

「それでどーしたのよジェイドちゃん？　まさか、デートのお誘い!?」

「って違いますって。実はツレの服を買いに来まして」

そう言って店の入り口に手招きする。ほれ、入ってこーい。

「しっ、ししっ、失礼しましゅ！」

と盛大に噛《か》みながら挨拶したのは、新人冒険者のコモリちゃんである。

まぁもう新人とは言えないかもだけどな。

一月前に出会った時はドジって死にそうだった彼女だが、今や『妖精の悪戯《いたずら》』パーティの一員としてかなり立派にやっているそうだ。

小心者で小柄ゆえ、斥候役として優秀なんだと。戦闘面でもスピード特化の短剣使いとしてスタイルが確立してきたそうだ。

「このコモリちゃんに冒険者としての衣装を用意したいんですよね。この服屋には魔物素材を使った頑丈なのも多くあるんで」

一か月頑張ったで賞って感じだ。

ニーシャとクーシャの厚意に甘えて彼女を預けちまってるが、元々俺が拾ったわけだからな。

装備くらい世話しなきゃだろ。

「ぁうう、そんな悪いですよジェイド先輩ぃ……！　しかも、あの有名なバッチョさんのお店とか……っ！」

「いいってことよ。気になるんなら、いつか有名冒険者になってメシでも奢《おご》ってくれ」

背中をぽんぽん叩《たた》いてやる。

スキルを持たずに生まれたせいで、家族から軽視され続けてきたという彼女だ。

それゆえに今は冒険者として大成して軽んじてきた奴《やつ》らを見返してやるという目標がある。

礼なんてそのついででいいさ。

「というわけだバッチョさん。ちと既製品コーナーを見させてもらうよ」

「なるほどねぇ～～。相変わらずジェイドちゃんってばお人よしなんだからぁ」

ちょっと呆《あき》れたような目をされてしまった。

「コモリちゃんだったかしら、アナタ油断しちゃダメよぉ？　別にアナタが特別とかじゃなくて、この人ってばほいほい人助けして世話する生態があるんだから」

「うぅ、『妖精の悪戯』の方たちも言ってました……。みんなジェイド先輩に恩があるって」

な、なんだよ悪いかよ!?

たまたま余裕がある時に目の前で困ってる奴いたら、とりあえず手を差し伸べるもんだろ!?

「「はぁ～……」」

ってなんだよ!?

「罪作りな人よねぇホント。実は、かくいうアタシも十年前にジェイドちゃんにお世話になってね」

「えっ、有名人のバッチョさんが!?」

っておいおい、あんまり過去話はされたくないんだが……！

「当時のアタシは無名の三流デザイナーで、もうぜーんぜん売れてなかったのよ。毎月赤字続きで、一族代々続けてきたこの店も手放す寸前だったわん」

「い、田舎者の私でも知るような有名人さんに、そんな過去が……!?」

あー懐かしいな。当時のバッチョさんは今と違ってただの地味なオッサンだったっけ。

「そんな時よ。たまたまジェイドちゃんがお店に来たの。彼ってば冒険者なのにすごく丁寧だから、思わず現状を愚痴ってみたのね。そしたら、『ジリ貧ならいっそ賭けに出るのは？』って言って～」

彼の頬がぽっと赤くなる。熱っぽい眼《め》で俺を見るのやめろ。

「ざっとだけど、色んなアイデアを出してくれたのよ！　無駄にカラフルな服や謎に露出の多い服や身体《からだ》に吸い付くくらいピッチリした服やとにかくなんか黒い服やなんか謎の玉とかついてる服！もう、当時のアタシからしたら考えもつかないアイデアの数々だったわっ！」

「は、ははは……」

――ぶっちゃけて言おう。俺はただ、アニメとかラノベの服の特徴を挙げてみただけだ。

だって転生当時のこの世界、ファンタジーだってのにみんな土色のおばあちゃんが買ってきたみたいな服ばっかだったからな。

それを内心不満に思っていた俺は、思わず彼に異世界デザインをげろっちまったわけだ。

そしたら、

「駄目元で形にしたら、もう大ヒットよ！　今や聖都からもデザイン発注を頼まれまくって大忙しっ！　それで現在に至るってわけ」

「えっ、えぇぇ～!?　それじゃあ、バッチョさんの躍進にジェイドさんありってことですか!?」

「そうっっっ！♡　もうこれ実質結婚よねッッッ！♡」

なんも実質結婚じゃない気がしまーす。

「あーコモリちゃん、俺はあくまで口頭でざっと奇抜っぽいデザインを言っただけだからな？　具体的に形にしたのはバッチョさんであって、俺は別に……」

「ジェイド先輩っ……！♡」

うあ、コモリちゃんの尊敬オーラが超すごい……！　若い思春期ボーイだったら惚《ほ》れられてると勘違いしそうだ。

「おほほ、慕われてるわねぇジェイドちゃん！　これはニーシャちゃんとクーシャちゃんが大変ねぇ」

おんっ？　何言ってんだ店長さん？

「あの二人は俺のことあんま好きじゃないだろ？」

「「はぁ～……」」

ってなんだよ!?

◇ 邪龍さんのたまにある日常

人類の領域は蜘蛛《くも》の巣状に広がっている。

まず真ん中が『聖都』。魔物が入れない結界に囲われた無敵エリアだ。

その四方の先に領地があり、これまたそれぞれ先に領地があり、またまたその先に領地があり
……って感じだ。

どんどん魔物を狩って土地を切り拓《ひら》いてきた結果だな。

俺たちがいる最外縁の『トリステイン領』も、何十年後かには内地の一つになるんだろう。

でだ。領地と領地の境には、補充拠点ともなる小さな村落がポツポツある。

そういうところは魔物に襲われることこそ少ないが、

「――盗賊団に襲われることがたびたびあるんだよなぁ」

「テメェ何をボヤいてやがる!?」

今がそんな状況だった。

俺はたまに美味《おい》しいものを探して邪龍ダッシュで遠方の村々を訪れることがあるんだが、そしたらたまたま立ち寄った村が襲われていたのだ。

で、当然介入。

今は盗賊たちに囲まれた状況ってわけだ。

「この村には大規模な養鶏場があるみたいだから、連中は卵や鶏狙いってことか。そういえばヒヨコくん、お前って性別どっちだ？　できれば卵産んでくれるほうの性別だといいんだが」

『ピヨ〜〜っ』

「おい何照れてるんだよ？　それで性別は」

と話してたところで「オォオイッ！」と叫ばれた。

「テメェ三級冒険者ッ、何のんきにヒヨコと話してやがる!?」

あん？　なんで三級だってわかって……ああ、下げられたプレート見たのか。

「半端な三級風情が英雄気取りしやがって。テメェらやっちまえ――――っ！」

『ウオオオオオオオオッ！』

と襲い掛かってくる数十人の盗賊たち。

結構な大人数だなぁ。

「はぁ、何が英雄気取りだっての」

俺はただ、この村の卵料理が食いたいから立ちはだかっただけだ。

そして、俺は英雄なんて立派なもんじゃなく、

「通りすがりの邪龍だよ」

かくして数秒後。

はるか遠くの村ってことで実力も隠さず全員とっちめ、さっさと食堂に向かうのだった。

さぁ～飯だ飯だっと。

あとがき

美少女作者こうりーーーんっ！

はじめましての方ははじめまして、馬路まんじです！！！

顔出し声出しでバーチャル美少女ツイッタラーをしてるので検索してね！　@mazomanzi　←これわれのツイッターアカウントです！　いえい！！！

色々漫画とか出してます！

同時期に出した作品と同じくもはやあとがきを書いてる時間もないので、とにかく走り書きでいっぱいビックリマークを使って文字数を埋めていきますッッッッ！！！！　というかだいたいコピペです！！！　いつもコピペあとがきです！！！！！

『転生破壊龍』、いかがだったでしょうか！！！？

超絶強いだけの邪龍野郎がガチスローライフする話です！！！　でも登場人物だいたいやばい！ネットのほうでも連載中ですので、ぜひ検索してくださいね～！　いぇい！　ＳＮＳでもススメてくださーい！

そしてそして、ＷＥＢ版を読んでいた上に書籍版も買ってくださった方、本当にありがとうございます！！！！！！　今まで存在も知らなかったけど表紙やタイトルに惹《ひ》かれてたまたま買ってくれたという方、あなたたちは運命の人たちです！！！　ツイッターでJカップ猫耳メイド系バーチャル美少女をやってるので、購入した本の画像を上げてくださったら「お兄ちゃんっ♡」と言ってあげます！！！！！！！！！　美少女爆乳メイド妹ちゃん交換チケットとして『暗黒破壊龍』を友達や家族や知人や近所の小学生やネット上のよくわからないスレの人たちにホンマぜひぜひぜひぜひオススメしてあげてくださいねー！！！！！　よろしくお願いします！！！　ツイッターに上げてくれたら反応するよ！！！

そして今回もッ！　この場を借りて、ツイッターにてわたしにイラストのプレゼントやア○ゾン欲しいものリスト（死ぬ前に食いたいものリスト）より食糧支援をしてくださった方々にお礼を言いたいです！！！！！

高千穂絵麻（たかてぃ）さま、皇夏奈ちゃん、磊《こいし》なぎちゃん（ローションくれた）、おののきもやす・スフィアゲイザーさま、まさみゃ〜さん、破談の男さん（乳首ローターくれたり定期的に貢いでくれる……！）、たわしの人雛田黒さん、ぽんきちさん、無限堂ハルノさん、明太子まみれ先生（イラストどちゃんこくれた！）、がふ先生、イワチグ先生、ふにゃこ（ポアンポアン）先生、朝霧陽月さん、セレニィちゃん、リオン書店員さん、さんますさん、Harukaさん、黒毛和牛さん、るぷす笹さん、味醂味林檎さん、不良将校さん、‡、8さん、走れ害悪の地雷源さん（人生ではじめてクリスマスプレゼントくれた……！）、ノベリスト鬼雨さん、パス公ちゃん！（イラストどちゃんこくれた！）、ハイレンさん、そきんさん、蘿蔔《すずしろ》だりあさん、織侍紗《おささ》ちゃん（こしひかり8キロくれた）、狐瓜和花。さん（人生で最初にファンアートくれた人！）、鐘成さん、手嶋柊。さん（イラストどちゃん＋ガンダムバルバトスくれた！）、りすくちゃん（現金くれた！）、いづみ上総さん（現金くれた！）、蒼弐彩ちゃん（現金くれた！！！）、ナイカナ・S・ガシャンナちゃん（現金くれた！！！）、エルフの森のふぁる村長（エルフ系Vtuber、現金くれたセフレ！）、なつきちゃん（現金とか色々貢いでくれた！）！！！！、ベリーナイスメルさん、ニコネコちゃん（チ○コのイラスト送ってきた）、瀬口恭介くん（チ○コのイラスト送ってきた）、矢護えるさん（クソみてぇな旗くれた）、王海みずちさん（クソみてぇな旗くれた）、中卯月ちゃん（クソみてぇな旗くれた）、ＡＳＴＥＲさん、グリモア猟兵と化したランケさん（プロテインとトレーニング器具送ってきた）、かへんてーこーさん（ピンクローターとコイルくれた）、ぉ拓さんちの高城さん、コユウダラさん（われが殴られてるイラストくれた）方言音声サークル　なないろ小町さま（えちえちＣＤ出してます）、飴谷きなこさま、気紛屋進士さん、奥山河川センセェ（いつかわれのイラストレーターになる人！）、ふーみんさん、ちびだいずちゃん（仮面ライダー変身アイテムくれた）、紅月潦さん、虚陽炎さん、ガミオ／ミオ姫さん、本屋の猫ちゃん、秦明さん、ＡＮＺさん、tetraさん、まとめななちゃん（作家系Vtuber！　なろう民突撃じゃ！）木村竜史／Ｔ－ＲＥＸさま、無気力ウツロさま（牛丼いっぱい！！！）、雨宮光《み》來《くる》ちゃん、猫田＠にゃぷしぃまんさん、ドルフロ・艦これを始めた北極狐さま、大豆の木っ端軍師、かみやんさん、喜利彦山ノ人どの、あらにわ

（新庭紺）さま、雛風さん、浜田カヅエさん、綾部ヨシアキさん、玉露さん（書籍情報画像を作成してくれた！）、幽焼けさん（YouTubeレビュアー。われの書籍紹介動画を作ってくれた！　みんな検索ぅ！）、レフィ・ライトちゃん、あひるちゃん（マイクロメイドビキニくれた）、猫乱次郎（われが死んでるイラストとか卵産んでるイラストとかくれた）、つっきーちゃん！（鼻詰まり）、一ノ瀬瑠奈ちゃん！、かつさん！、赤城雄蔵さん！、大道俊徳さん（墓に供える飯と酒くれた）、ドブロッキィ先生（われにチ〇ポ生えてるイラストくれた）、葵・悠陽ちゃん、かなたちゃん（なんもくれてないけど載せてほしいって言ってたから載せた）、イルカのカイルちゃん（なんもくれてないけど載せてほしいって言ってたから載せた）、みなはらつかさちゃん（インコ）、なごちゃん、diaちゃん、このたろーちゃん、颯華ちゃん、谷瓜丸くん、武雅さま！！！！（ママだよ！）、ゆっくり生きるちゃん、アキノ霞音ちゃん、逢坂蒼ちゃん、廃おじさん（愛くれた）、ラナ・ケナー4歳くん、朝倉ぷらすちゃん（パワポでわれを作ってきた彼女持ち）、あきらーめんさん（ご出産おめでとうございます！）、そうたそくん！、透明ちゃん、貼りマグロちゃん、荒谷生命科学研究所さま、西守アジサイさま、上ヶ見さわちゃん（義妹の宣伝メイド！　よく曲作ってくれる！キスしたら金くれた！！！）、シエルちゃん、主露さん、零切唯衣くんちゃん、豚足ちゃん、はなむけちゃん（アヒルとキーボードくれた。いつも商材画像作ってくれる！）、藤巻健介さん、Ｓｓｇ．蒼野さん、電誅萬刃さん！、水谷輝人さん！、あきなかつきみさん、まゆみちゃん（一万円以上の肉くれた）、中の人ちゃん！、hakeさん！、あおにちゃん（暗黒デュエリスト集団『五大老』

の幹部、恐怖によって遊戯王デュエルリンクス界を支配している)、八神ちゃん、22世紀のスキッツォイドマンちゃん、マッチ棒ちゃん～!、ｋｔ60さん(!?)、珍さん!、晩花作子さん!、城主の能登川メイちゃん(犬の餌おくってきた)、きをちゃん、たちばなやしおりちゃん、天元ちゃん、の@ちゃん(ゲーム:シルヴァリオサーガ大好き仲間!)、ひなびちゃん、dokumuさん、マリィちゃんのマリモちゃん、伺見聞士さん、本和歌ちゃん、柳瀬彰さん、田辺ユカイちゃん、まさみティー/里井ぐれもちゃん(オーバーラップの後輩じゃぁ!)、常陸之介寛浩先生(オーバーラップの先輩じゃぁ!(;ω;))、ゴキブリのフレンズちゃん(われがアへ顔Wピースしてるスマブラのステージ作ってきた)、いるちゃん、腐った豆腐! 幻夜んんちゃん、歌華@梅村ちゃん(風俗で働いてるわれのイラストくれた)、三島由貴彦(姉弟でわれのイラスト描いてきた)、白夜いくとちゃん、言葉遊人さん、教祖ちゃん、可換環さん(われの音楽作ってきた)、佳穂一二三先生!、しのめちゃん、闇音やみしゃん(われが●イズリしようとするイラストくれた)、suwa狐さん!、朝凪周さん、ガッチャさん、結城彩咲ちゃん、amyちゃん、ブウ公式さん!、安房桜梢さん、ふきちゃん!、ちじんちゃん、シロノクマちゃん、亞悠さん(幼少の娘にわれの名前連呼させた音声おくってきた)、やっさいま♡ちゃん、赤津ナギちゃん、白神天稀さん、ディーノさん、ｋｕｒｏさん、獅子露さん、まんじ先生１００日チャレンジさん(１００日間われのイラストを描きまくってくれるというアカウント。８日で途絶えた)、爆散芋ちゃん、松本まつすけちゃん、卯ちゃん、加密列さん、のんのんちゃん、亀岡たわ太さん!(われのLINEスタンプ売ってる!)、真本優ちゃん、ぽにみゅらちゃん、焼魚あまね／仮名芝りんちゃん（われのやばい絵めちゃ描く！）、異世界ＧＭすめらぎちゃん、暮伊豆さま（プロデビューは近い！！！）、ＵＮＫＮＯＷＮさま、西村西せんせー、ミィア様（色々すごい！！！）、オフトゥン教徒さま（オーバーラップ出版：「絶対に働きたくないダンジョンマスターが惰眠をむさぼるまで」からの刺客）、鬼影スパナパイセン（→の作者様！！！(;ω;)）、kazuくん、釜井晃尚さん、うまみ棒さま、小鳥遊さん、ＡＴワイトちゃん（ワイトもそう思います）、海鼠腸ちゃん！（このわたって読みます）、棗ちゃん先生！（プロデビューおめでとうございます！）、東西南《きたなし》アカリちゃん（名前がおしゃれー！）、モロ平野ちゃん（母乳大好き）、あつしちゃん（年賀状ありがとー！）、狼狐ちゃん（可愛《かわい》い！）、ゴサクちゃん（メイド大好き！　いっぱいもらってるーーー！）、朝凪ちゃん（クソリプくれた）、kei-鈴ちゃん（国語辞典もらって国語力アップ！）、Prof.Hellthingちゃん（なんて読むの!?）、フィーカスちゃん！、赤柄トリイちゃま！（元気と肉をありがとー！　サイン本企画開いてくれた！）、ばばばばばばばば（スポンジ）、裕ちゃん（ラーメンとか！）、森元ちゃん！、まさくん（ちんちん）、ＭＵＮＹＵ／じゃん・ふぉれすとさま！（ちゅっちゅ！　Gianに改名！）、東雲さん、むらさん、ジョセフ武園（クソリプ！　※↑くれる人多数）、ひよこねこちゃん（金…！）、こばみそ先生（上前はねての漫画家様！　水着イラストくれた！）、家々田不二春さま、ま路馬んじ（われの偽物。金と黒毛和牛くれた、本買いまくって定期的に金くれる偽者！　妻子もいる偽者…！）、夕焼けちゃん、ングちゃん、黒あんコロコロモッチちゃん（可愛い）、ＲＡＩＮ、月見、akdblackちゃんさま！、

TOMrion、星ふくろうしゃま、紬、ウサクマちゃん、遠野九重さま（独立しますの！！！！！）、魔王なおチュウさま（スパッツ破るやべーやつ）、結石さま（プロデビューおめでとうございます！！！）、シクラメン様（ライバル！！！）、くまだかわいさま（ドットマスター！）、月ノみんと様（結婚しよ！）、水無月総牙シアちゃん＆月咲レイちゃん（ダブル可愛い）、たまぞうくん、イヌ石油さま、スタジオ・パンデモニウム様、クラムボン様、ベイチキ様（ウム）、あニキ様（絵師ニキ！）、猫野いちば様、jiro様（結婚……！）、明日葉叶さま、鯔副世塩（聖槍《せいそう》十三騎士団）、奈輝サンタさま、雑種犬さま！（ワンちゃんに養われてる……！）、せいれーん様（いい身体《からだ》！）、ムラさん、獏琉源視様、くろっぷ様、白い彗星様、東風とうふちゃん、キン肉マン（ＡＡ職人）、紫陽花（シクラメン先生の裏垢《うらあか》）、文士優希様、ト・ヘンちゃん、ヨッシー様、たまごひなさま（最後らへんの方たち特にわれにやばい絵くれるぅ！）。

本当にありがとうございましたー！（名前記載漏れしてたんぞカスまんじって人は言ってくださいー！（´;ω;｀）

ほかにもいつも更新するとすぐに読んで拡散してくれる方々などがいっぱいいるけど、もう紹介しきれません！　ごめんねえ！

最後にステキイラストレーターと編集様方に、めちゃくちゃ感謝をー！　しゅきー！（´;ω;｀）

作品のご感想、
ファンレターを
お待ちしています

あて先

〒141-0031　東京都品川区西五反田 8-1-5 五反田光和ビル4階
ライトノベル編集部
「馬路まんじ」先生係／「カリマリカ」先生係

スマホ、PCからWEBアンケートにご協力ください

アンケートにご協力いただいた方には、下記スペシャルコンテンツをプレゼントします。
★本書イラストの「無料壁紙」　★毎月10名様に抽選で「図書カード（1000円分）」

公式HPもしくは左記の二次元バーコードまたはURLよりアクセスしてください。
▶ https://over-lap.co.jp/824007643
※スマートフォンとPCからのアクセスにのみ対応しております。
※サイトへのアクセスや登録時に発生する通信費等はご負担ください。

オーバーラップノベルス公式HP ▶ https://over-lap.co.jp/lnv/

転生したら暗黒破壊龍ジェノサイド・ドラゴンだった件 1
～ほどほどに暮らしたいので、気ままに冒険者やってます～

発　行　2024年3月25日　初版第一刷発行

著　者　馬路まんじ

イラスト　カリマリカ

発行者　永田勝治

発行所　株式会社オーバーラップ
〒141-0031
東京都品川区西五反田8-1-5

校正・DTP　株式会社鷗来堂

印刷・製本　大日本印刷株式会社

ISBN　978-4-8240-0764-3 C0093

【オーバーラップ　カスタマーサポート】
電　話　03-6219-0850
受付時間　10時～18時（土日祝日をのぞく）

コミカライズ
連載中!!
お気楽領主の
okiraku ryousyu no tanoshii ryouchibouei
楽しい
領地防衛
~生産系魔術で名もなき村を
最強の城塞都市に~
Sou Akaike
赤池宗
illustration 転
ハズレ適性の生産魔術で
辺境を最強の都市に!?
転生者である貴族の少年・ヴァンは、魔術適性鑑定の儀で"役立たず"とされる生産魔術の適性判定を受けてしまう。名もなき辺境の村に追放されたヴァンは、前世の知識と"役立たず"のはずの生産魔術で、辺境の村を巨大都市へと発展させていく——!
OVERLAP
NOVELS

Lv2から
Chillin Different World Life of the EX-Brave Candidate was Cheat from Lv 2
チートだった元勇者候補のまったり異世界ライフ
Story by Miya Kinojo
鬼ノ城ミヤ
Illustrations by 片桐
シリーズ好評発売中!
型破りな無敵夫妻の異世界ファンタジー!
OVERLAP NOVELS

異世界へ召喚されたキダンが授かったのは、《ギフト》と呼ばれる、能力を極限以上に引き出す力。キダンは《ギフト》を駆使し、悠々自適に異世界の土地を開拓して過ごしていた。そんな中、海で釣りをしていたところ、人魚の美少女・プラティが釣れてしまい——!?

OVERLAP NOVELS

OVERLAP NOVELS
Author
土竜
Illust ハム
「モブ」に徹したいのに、
なんでみんな
僕に構うんだ⁉
キモオタモブ傭兵は、
身の程を弁《わきま》える
実は超有能なモブ傭兵による
無自覚爽快スペースファンタジー！
「分不相応・役者不足・身の程を弁える」がモットーの傭兵ウーゾス。
どんな依頼に際しても彼は変わらずモブに徹しようとするのだが、
「なぜか」自滅していく周囲の主人公キャラたち。
そしてそんなウーゾスを虎視眈々と狙う者が現れはじめ……？

OVERLAP NOVELS
とんでもスキルで異世界放浪メシ
江口連　イラスト：雅
――その男、
異世界の胃袋を鷲掴み!!
「小説家になろう」
2億PV超の
とんでも異世界
冒険譚！
重版御礼！
シリーズ好評発売中!!
「勇者召喚」に巻き込まれて異世界へ召喚された向田剛志。現代の商品を取り寄せる固有スキル『ネットスーパー』のみを頼りに旅に出るムコーダだったが、このスキルで取り寄せた現代の「食品」を食べるととんでもない効果を発揮してしまうことが発覚！
さらに、異世界の食べ物に釣られてとんでもない連中が集まってきて……!?

第12回オーバーラップ文庫大賞
原稿募集中！
イラスト：じゃいあん
【締め切り】
第1ターン 2024年6月末日
第2ターン 2024年12月末日
各ターンの締め切り後4ヶ月以内に佳作を発表。通期で佳作に選出された作品の中から、「大賞」、「金賞」、「銀賞」を選出します。
その物語は、
きっと誰かが
好きな物語。
【賞金】
大賞…300万円
（3巻刊行確約＋コミカライズ確約）
金賞……100万円
（3巻刊行確約）
銀賞………30万円
（2巻刊行確約）
佳作………10万円
投稿はオンラインで！ 結果も評価シートもサイトをチェック！
https://over-lap.co.jp/bunko/award/
〈オーバーラップ文庫大賞オンライン〉
※最新情報および応募詳細については上記サイトをご覧ください。
※紙での応募受付は行っておりません。